Theodor Möbius

Über die altnordische Sprache

Antigonos

Theodor Möbius

Über die altnordische Sprache

Unveränderter Nachdruck der Originalausgabe von 1872.

1. Auflage 2024 | ISBN: 978-3-38633-816-5

Antigonos Verlag ist ein Imprint der Outlook Verlagsgesellschaft mbH.

Verlag: Outlook Verlag GmbH, Zeilweg 44, 60439 Frankfurt, Deutschland info@outlook-verlag.de
Vertretungsberechtigt: E. Roepke, Zeilweg 44, 60439 Frankfurt, Deutschland
Druck: Libri Plureos GmbH, Friedensallee 273, 22763 Hamburg, Deutschland

ÜBER

DIE ALTNORDISCHE SPRACHE

VON

Dr. TH. MÖBIUS,

Professor an der Universität in Kiel.

———

HALLE,

VERLAG DER BUCHHANDLUNG DES WAISENHAUSES.

———

1872.

DEN

IN

LEIPZIG

AM 22—25. MAI 1872

ZUR XXVIII. DEUTSCHEN PHILOLOGENVERSAMMLUNG

VEREINTEN

GERMANISTEN

GEWIDMET

VON

TH. M. AUS LEIPZIG.

Die Sprache, von der hier gehandelt werden soll, ist
diejenige, in der die Werke der alt-isländischen und altnorwegischen Literatur verfasst sind, es ist die Sprache der
Skalden, der Edda, der Heimskringla, der Diđrekssaga; es
ist dieselbe Sprache, die nur wenig verändert noch heutzutage Islands Rede- und Schriftsprache ist.

I.

Sie wird verschieden benannt je nach den verschiedenen
Ansichten, die sich über ihr räumliches Gebiet und ihr Verhältniss zu den übrigen Sprachen des skandinavischen Nordens geltend gemacht. Bei den Alten selber heist sie die
dänische oder die norwegische, die Neueren nen-
nen sie theils, im Anschluss an Jene, die alt-däni-
sche oder alt-norwegische, theils die isländische
oder die altskandinavische oder altnordische, auch
bloss nordische; andere Benennungen, wie: die gothi-
sche Sprache oder die Asensprache oder die Runensprache waren nur vorübergehend.

Den Namen *dönsk tunga* entlehnten die Isländer den
lateinischen Schriftstellern des Mittelalters, die mit ihrem
lingua danica (oder dacica) die Sprache desjenigen unter
den nordischen Reichen bezeichneten, das, wie es ihnen in
Folge seiner geographischen Lage das bekannteste war,

so seiner damaligen Machtstellung nach das bedeutendste
erschien. *Dönsk tunga* heisst ihnen sonach nicht: dänische
Sprache im Gegensatz etwa zu schwedischer oder norwegischer, sondern — pars pro toto — die nordische, skandi-
navische Sprache und die Länder, in denen *dönsk tunga*
herrscht, sind die Länder des skandinavischen Nordens,
das nordische Sprachgebiet. Dieser ethnographischen Bezeichnung dient denn auch *dönsk tunga* ganz vorzugsweise, auf
die in der alten isländischen und norwegischen Literatur
vorliegende Sprache findet es sich nur ein paarmal angewendet; so wird z. B. in den orthographischen Tractaten
der Snorra-Edda die Sprache des Alphabets, das die isländischen Grammatiker Thorodd und Are regelten, die dänische und zugleich die 'unsrige' (*várt mál*) genannt, so
nennt der isländische Dichter Eysteinn Asgrímsson in seinem
Marien-Gedichte (Liljum) dessen Sprache, die ihm zugleich
Muttersprache sei: die dänische; der norwegische Verfasser
der Alexanderssaga sagt in ihr (1848. 121[8]), dass die Ama-
zonen auf dänisch *skjaldmeyjar* heissen, in einer Handschrift
norwegischer Gesetze wird das Wort *imbrudagar* durch
Zusammensetzung des lateinischen imbres und des dänischen
dagar erklärt.

Auf Grund dieses *dönsk tunga* in dem Sinne von: Sprache des skandinavischen Nordens haben dänische Schriftsteller (Rafn, N. M. Petersen u. A.) den Ausdruck old-dansk
(alt-dänisch) für: altnordisch gebraucht.

Der Ausdruck *norræna tunga* oder *norrænt mál:* norwegische Sprache, nicht ganz so häufig wie *dönsk tunga,*
dient den alten Isländern zwar eben auch zur Bezeichnung
der nordischen Sprache überhaupt, wie z. B. die Sprache
Dänemarks, Schwedens und Norwegens, Sachsens und eines

Theils von England ausdrücklich als *norrœna* bezeichnet wird (Rímb. p. 316, vgl. SE. 1, 30); doch insonderheit ist es die in Norwegen und auf Island gesprochene und geschriebene Sprache, die von den Isländern im Bewusstsein ihrer Herkunft *norrœna* genannt wird. Der Isländer Snorre Sturluson sagt in der Vorrede zur Heimskringla von seinem Landsmanne Are, er sei der erste auf Island gewesen, der Geschichte *at norrœnu máli* geschrieben: *Ari ... ritaði fyrstr manna hér á landi at norrœnu máli frœði bœði forna ok nýja;* der isländische Verfasser der Hungrvaka (der Geschichte der fünf ersten Bischöfe zu Skalholt auf Island) beabsichtigt durch sein Buch die Jugend zum Studium und Verständniss der heimischen Literatur anzuregen: *at ráða þat er á norrœnu er ritað, lög eðr sögur eðr mannfrœði* Bp. I, 59); die isländ. Handschriften der isländ. Klosterbibliotheken werden in deren Besitzregistern (*máldagar*) *norrœnu-bœkr* genannt; noch im 16. Iahrhund. nannten die Isländer ihre Sprache die *norrœna.* Viel häufiger natürlich begegnet man in den zu gutem Theil in Norwegen verfassten Bearbeitungen ausländischer Romane der Angabe, dass sie aus der fremden Sprache in die *norrœna* übersetzt worden.

> Anm. Das Adj. n o r r œ n n wie das dän. n o r s k (engl. norse) bedeuten ihrer Etymologie nach zunächst zwar: nordisch — *norrœnn,* d. i.: *norð-rœnn* (ahd.: *-rôni*): ex septentrione oriundus, und ebenso *norsk* d. i.: *nord-sk* (denn dän.: '*nord-isk*' ist dem deutschen 'nordisch' nachgebildet) —; doch ihrem Gebrauche nach, wie er sich für *norrœnn* namentlich durch Gegenüberstellung von 'dänisch' und 'schwedisch' ergiebt (s. mein Glossar, s. 319) nur: n o r w e g i s c h; in Übereinstimmung hiermit bedeuten Noregr d. i. *norð-vegr* (via septen-

trionalis) und Norðmaðr, dän. Normand (vir septentrionalis) nicht den Norden und den Nordländer, sondern nur und lediglich: Norwegen (engl. Norway) und
den Norweger.

Es hat sich in *norrœn* der Begriff 'nordisch' ebenso
zu 'norwegisch' verengt, wie sich in *dönsk tunga* der
von 'dänisch' zu 'nordisch' erweitert hat. Ähnlich
erweitert sich in *Skán* (d. i. *Scandin*)-*ey,* lat. Scan-
dinavia: Randinsel (?) der Name der südschwed. Land-
schaft Schonen zu dem der ganzen skandinavischen
Halbinsel (J. Grimm und P. A. Munch, s. Rydqu. II, 277).

Im Anschluss an diese ehemalige Bezeichnung norrœna
benennen die neueren norweg. Grammatiker nach Rud. Keyser's und P. A. Munch's Vorgang die betreffende Sprache:
det oldnorske sprog, die alt - norwegische Sprache;
man begründete diese Bezeichnung ausserdem theils durch
das Verhältniss der noch lebenden norwegischen Volkssprache
zu der der alten Literatur, theils durch die Erwägung, dass
wenn auch Islands Antheil an der gemeinsamen alten Literatur der weit überwiegende sei, doch für den Namen ihrer
Sprache nicht der der Colonie, sondern des Mutterlandes
maassgebend sein müsse. (P. A. Munch's Vorrede zu seiner
altschw. u. altnorw. Grammat. Stockh. 1849.)

Die Bezeichnung der alten Sprache als der isländischen kommt im 16. Jahrh. auf und beruht auf der bei-
nahe völligen Übereinstimmung der heutigen Sprache Islands
mit der seiner alten Literatur. Der Ausdruck altislän-
disch berücksichtigt die geringen Unterschiede beider und
unterscheidet hiernach die alte Sprache von der heutigen.
In der alten Literatur selber oder doch vor dem 15. Jahrh.

scheint der Ausdruck 'isländische Sprache' nirgends vorzukommen.

Der Name 'altnordische Sprache' (dän. det oldnordiske sprog) wurde von C. R. Rask eingeführt, wenn auch der entsprechende lat.: lingua septentrionalis vetus oder lingua septentrionis veteris und schwed.: gamla nordiska språket schon seit der Mitte des 17. Jahrh. üblich war. J. Grimm entlehnte ihn von Rask und seitdem ist er auch bei uns der übliche; die Schweden gebrauchen in gleicher Weise fornskandinavisk (alt-skandinavisch). Er soll die Sprache der alten Literatur der Isländer und Norweger nicht allein wie das dönsk tunga der Alten als eine dem ganzen skand. Norden gemeinsame, sondern auch gegenüber den neunordischen Sprachen als deren Muttersprache bezeichnen.

Keine der obigen Benennungen sagt genau das was sie soll. Abgesehen von dem missverständlichen dänisch, bez. alt-dänisch, ist der Ausdruck altnordisch ohne nähere Bezeichnung in demselben Grade zu weit, als die Ausdrücke alt-norwegisch und isländisch, bez. alt-isländisch, ein jeder für sich gebraucht, zu eng erscheinen.

Wenn wir nichts desto weniger den Ausdruck 'altnordisch' für die von uns hier zu behandelnde Sprache der altisländischen und altnorwegischen Literatur gebrauchen, so geschieht es im Anschlusse an die bei uns übliche grammatische Terminologie, nach der seit J. Grimm — gleichviel mit welchem Rechte — durch 'altnordisch' keine andere als eben die Sprache jener Literatur bezeichnet wird.

II.

Die altnordische Sprache gehört zu den germanischen Sprachen, die mit den slavo-litauischen, keltischen, graeco-italischen und arischen den indo-germanischen Sprachstamm bilden.

Den gemeinsamen Ursprung und somit die Verwandtschaft der altnord. Sprache und der germanischen Sprachen bezeugen sowohl der zu grossem Theil gemeinsame Wörterschatz als auch gewisse Eigenthümlichkeiten der Lautform, Stammbildung und Beugung der Wörter. So zeigt sie gegenüber den andern indo-germanischen Sprachen dieselbe Verschiebung der BDG-Laute, welche die übrigen germanischen Sprachen zeigen, dieselbe Verrückung des Accents auf die Stammsilbe des Wortes mit den dadurch bedingten vocalischen wie consonantischen Veränderungen im Auslaute, ferner dieselbe Scheidung zwischen starker oder ablautender und schwacher oder zusammengesetzter Conjugation, zwischen vocalischer und consonantischer Declination der Substantiva wie jedes Adjectivs, dieselben Verluste endlich einzelner Casus, Tempora, Modi und des Relativpronomens.

Der Unterschied zwischen der altnord. Sprache und den übrigen germanischen Sprachen, der in Folge ihrer gemeinsamen Herkunft nur ein gradueller und kein principieller sein kann, ist gleichwohl ein solcher, dass sie allen den übrigen ferner steht, als unter diesen selber eine der andern und sie hierdurch als nordgermanische gegenüber den südgermanischen d. i. der gothischen, den sächsischen und deutschen Sprachen eine besondere Stellung einnimmt; nur mit der gothischen hat sie manches gemein, das sie dieser näher als einer der übrigen erscheinen lässt.

Im Allgemeinen unterscheidet sie sich von den andern germanischen Sprachen durch eine sehr consequente und weitgreifende Assimilation, consonantische sowohl als vocalische (vgl. den zweifachen Umlaut, den durch *i* und den ihr eigenthümlichen durch *u*); ferner durch eine eben so grosse Neigung für Suffixa, als Abneigung gegen Praefixa (vgl. den artic. suffix. in der Declination und die Medialbildung in der Conjugation, so wie die Bezeichnung der Negation durch das nominale *-gi* und das verbale *-a* oder *-at*; andrerseits den Verlust des *ga-* und gänzlichen Mangel von *bi-*); durchgängige Verkürzung der Ableitungs- und Flexionsvocale; Wegfall des ursprünglichen *j* im Anlaute, wie des *h* im In- und Aus-Laute, während die anlautenden Verbindungen *hl, hn, hr* dem Isländ. bis auf heutigen Tag allein unter allen german. Sprachen verblieben sind; fast spurloses Verschwinden des auslautenden *n* (*nd, ns*) sowohl in der Conjugat. (inf. und 3. pl.), als auch des *n* in der Declination der *an*-Stämme; Beschränkung des Instrum. auf das adjectiv. Neutrum, dessen Dativ er vertritt; Nicht-Unterscheidung des 2. und 3. sg. ind. praes. (*-r* und *-r*), dagegen Unterscheidung der 1. und 3. sg. (*-a* und *-i*) im schw. Praet.; eigenthümlich ist ihr das Pron. der 3. Pers.: *hann — hon*, dagegen mangelt: *is, si, ita*; eigenthümlich ferner die Praepp. *hjá* und *til*, es mangeln: *bi, du, þairh*; der praepositionale Infin. im Altnord. mit *at*, in den übrigen germ. Sprachen mit *du* (*zu*) gebildet.

Gemeinsam dem Goth. und Altn. gegenüber den übrigen german. Sprachen ist: 2. sg. praet. *-t* (goth. *vast*, altn. *vart* — ahd. *wâri* und ags. *wære*), Beibehaltung des Casuszeichens, goth. *-s*, altn. *-r*, theils im Masc. nsg. und npl. (*ó dagr* und *oi dagar* und *oi hanar*) theils im Fem. gsg.

und npl. und apl. (*τῆς gjafar, blindrar, þeirar — ai* und *τὰς gjafar, tungur —▸ blindar, tvær, þær*), Scheidung des npl. und apl. der starken Masculina (*oi dagar — τοὺς daga*), Mangel der Wurzel *bhu* zur Verwendung der 1—3. sg. praes. ind. des Substantiv-Verbum, das Part. praes. nur in schwacher Form, Mangel von Gerundivformen durch Flexion des Infin., Dativ des Reflexivum (goth. *sis*, altn. *sér*) u. a.

Auf dem Gebiete der Syntax unterscheidet sich die altnord. Sprache von den übrigen germanischen, ausser der bereits erwähnten Suffixbildung des substant. Artikels und des Medium, besonders durch Zweierlei: 1. durch die weite Ausdehnung der Dativ-Construction, indem der altnord. Dativ ausser den sonstigen Functionen dieses Casus sowohl den Instrumentalis als auch vielfach andere Casus zu vertreten hat; 2. durch die so häufige impersonelle Ausdrucksweise und zwar ohne Beifügung eines 'es' und 'man'. (*er dagar*: wenn es Tag wird, *svá segir*: so sagt man, *skal, þarf, mun*: man soll u. s. w.); bezeichnet sie im Activ sehr häufig passivische Verhältnisse (*braut τὰς borgir*: castella frangebantur, *sleit τῷ frið*: pax rumpebatur), ist ihr bei passivischer Wendung eigenthümlich, sofern der Objectscasus des Activum ein Genitiv oder Dativ ist, diesen unverändert beizubehalten (*var slitit τοῖς leikum*: ludi finiebantur). Eigenthümlich dem Altnord. (wenn auch zum Theil dem Angelsächs.) ist die Auslassung des *ok* zwischen dem Dual oder Plural des persönlichen Pronomens und dem Singular eines Eigennamens (*vit Sigurðr*: ich und S., *þau Högni*: H. und seine Frau); ferner: der Gebrauch des Possessivum statt des persönlichen Pronomens der 2. Person, namentlich in scheltender Anrede (*af hundinum þínum*: von dir, du Hund! *mun fóli þinn — gefa*: wirst du, Narr! — geben); sodann

die Verwendung des Partic. praes., besonders im Neutr.,
mit 'sein' zu einem Gerundium (*segjanda er:* dicendum est,
þin fylgð er fé kaupandi: .. nummis emenda) u. a. m.

III.

Der nordgermanischen oder nordischen Sprachen sind
heutzutage vier: die schwedische, die dänische, die norwegische, die isländische. Die unverkennbare, mehr oder
minder enge Verwandtschaft zwischen diesen Sprachen weist
entschieden darauf hin, dass, was uns die ausdrücklichen
Angaben der Alten noch überdiess bestätigen, im skandinavischen Norden einst nur eine Sprache geherrscht habe;
mancherlei Indicien weisen darauf, hin, dass diese Einheit
der Sprache noch im 9. und 10. Jahrhundert vorhanden
gewesen.

Handelt es sich darum, welche Stellung die 'altnordische' Sprache zwischen den heutigen nordischen Sprachen
einerseits und jener einen andrerseits einnehme, so galt bis
in die neuere Zeit die Annahme, dass eben sie jene einheitliche, allen Germanen des skandinavischen Nordens einst
gemeinsame und somit auch diejenige Sprache sei, aus wel-
cher sich die neunordischen Sprachen in gleicher Weise entwickelt hätten.

Diese Auffassung, die in der allgemeinen Bezeichnung
'altnordisch' räumlich wie etymologisch ihren entsprechenden
Ausdruck fand, wurde begründet zunächst durch die Bezeichnung dönsk tunga, welche die Isländer ihrer Sprache geben,
ferner durch die Runeninschriften, die über den ganzen skand.
Norden verbreitet eine wie es schien durchaus einheitliche
und nur mit Hilfe des 'Altnordischen' verständliche Sprache

zeigen, sodann durch den Umstand, dass die isländischen Skalden an den schwedischen und dänischen Fürstenhöfen nicht minder als an den norwegischen ihre Encomien vortrugen und verstanden wurden, endlich durch die nach den damaligen Ansprüchen der Etymologie meist sehr leichte und unbehinderte Rückführung der neunordischen Sprachformen auf die der 'altnordischen' Sprache.

Zu einem andern Ergebnisse hat in den letzten Jahrzehenden die Untersuchung der altschwedischen und altdänischen Sprache und eine Vergleichung derselben mit der 'altnordischen' geführt.

Diese Vergleichung ist allerdings eine sehr bedingte theils durch die Verschiedenheit des Alters, theils des äussern wie innern Umfanges der beiderseitigen Sprachdenkmäler; während die ältesten schwedischen Handschriften erst mit dem Ende des 13. Jahrhund., die dänischen noch später beginnen (so auch die älteste schwed. Urkunde: 1281, die älteste dän. 1329), reichen die isländischen und norwegischen bis in das Ende des 12. Jahrhund., norwegische und isländische Gedichte aber, obwohl erst im 13. Jahrhund. aufgezeichnet, bis in das 10., ja 9. Jahrhund. zurück; während ferner die altisländische und altnorwegische Literatur eine sehr reiche und mannichfaltige ist, beschränkt sich die altschwedische und altdänische auf eine nur mässige Anzahl von Prosa- und Reim-werken, meist nur Gesetzbüchern.

Nichts desto weniger lässt sie einen Unterschied zwischen 'Altnordisch' einerseits und Altschwedisch (mit dem zur Zeit noch kaum scheidbaren Altdänischen) andererseits wahrnehmen, der, obwohl er relativ nur ein sehr geringer und abgesehen von einigen lexicalischen Eigenthümlichkeiten sich nur auf einzelne Punkte der Lautform und Flexion beschränkt, dennoch der 'altnordischen' Sprache eine andere Stellung, als die der gesammt-nordischen zuweist.

Wie bei dem höhern Alter der Überlieferung nicht anders zu erwarten, zeigt die altnordische Sprache in der Reinheit ihrer Lautgestalt und der Schärfe ihrer Flexionsformen im Ganzen ein durchaus antikeres Gepräge, als die altschwedische und altdänische. Es genüge hervorzuheben 1. die Beibehaltung der reinen Diphthonge *au* (*ey*) und *ei*, die im Schwedischen (mit Ausnahme des gotländischen Dialectes) und im Dänischen erweislich seit dem 11. Jahrhund. zu *ø* und *e* verdichtet erscheinen, 2. den Fortbestand des anlautenden *h* in den Verbindungen *hl-*, *hn-*, *hr-*, das dem Schwedischen und Dänischen schon sehr früh verloren ging (Rdq. IV, 269—270), 3. das *-t* in der 2. pl. statt des schwed. *-n* (gefi*t*, altschwed. givi*n*: datis und detis).

Andrerseits zeigt nun aber das Altschwedische trotz seiner im Ganzen moderneren Gestalt gewisse Erscheinungen, die einen weit alterthümlicheren Charakter tragen, als die entsprechenden 'altnordischen'.

Gegenüber der weitgreifenden vocalischen wie consonantischen Assimilation im Altnordischen mangelt im Schwedischen der *i*-Umlaut in der Conjugation gänzlich (altn. *fer it, fœri* iret, altschwed. *far, fori*), zeigt sich der *u*-Umlaut vor flex. *u* gar nicht (altn. *öllum*, altschw. *allum*), nur spurenweise vor themat. und ableit. *u*; die consonant. Assimilation mindestens sehr beschränkt (altn. *bekkr, möttull, toppr* — altschw. *bænker, mantul, tymp*); ferner Beibehaltung des anlaut. *v* in den Verbindungen *vr-* und *vl-* (altn. *reka, rangr, reiðr, riða* — altschw. *vraka, vranger, vreþer, vrida*); die alten Genetive des Personalpron. *sina, vara,* *idra* goth. *seina, unsara, izvara* — altn. *sín, vár, ydar* (Rydqu. II, 477); möglicherweise auch die Beibehaltung des *n*, sofern es nicht der Artikel sein sollte, in den Pluralen von *auga* und *öra: oghæn* und *öræn*, goth. *augona* und *ausona* — altn. *augu* und *eyru* (Rydqu. II, 229 —230 und IV, 445 *).

So wenig dieser Unterschiede sind, erweisen sie doch zunächst, dass die schwedische (und dänische) Sprache ebensowenig aus der 'altnordischen', als diese aus jener entwickelt sein kann, dass vielmehr beide über sich hinaus auf eine ihnen gemeinsame Grundsprache zurückweisen, die sich (wohl kaum vor dem 10. oder 11. Jahrhund.) in ein Ostnordisch und ein Westnordisch spaltete.

Sie erweisen ferner, dass von beiden Sprachformen, der ostnordischen oder der schwedischen und dänischen und der westnordischen oder der norwegisch-isländischen, die letztere trotz ihres antikeren Gepräges, das sie dem um mehrere Jahrhunderte früheren Beginn ihrer literarischen und schriftlichen Ausbildung verdankt, gleichwohl im Hinblick auf die Art jener Unterschiede als die jüngere, dagegen die schwedische (und dänische) als die ältere zu betrachten sei.

Und diess letztere nur in Übereinstimmung mit dem, worauf wir auch sonst durch die Richtung, in der sich die germanische Bevölkerung und somit ihre Sprache über den skandinavischen Norden verbreitet haben mag, geführt werden.

Denn so wenig der räumliche wie zeitliche Ausgangspunkt jener Verbreitung eine genauere Bestimmung gestattet, haben wir doch allen Grund anzunehmen, dass er im Osten und Süden Skandinaviens in den ersten Jahrhunderten der christlichen Zeitrechnung zu suchen sei und dass sich von dort aus die nordischen Germanen in westlicher und nördlicher Richtung verbreitet haben.

Hiernach ist die 'altnordische' Sprache, wenn auch jedenfalls die für uns älteste Gestalt der gesammt-nordischen Sprache, dennoch nicht diese selbst, sondern nur die westnordische Gestalt derselben.

Man hat die gesammt-nordische Sprache in der Runensprache finden zu dürfen geglaubt.

Runensprache ist die Sprache der mit Runenbuchstaben geschriebenen und fast ausschliesslich auf Grabsteinen angebrachten Inschriften. Man unterscheidet zweierlei Runenalphabete, ein längeres und ein kürzeres, mit zum grössten Theil gemeinsamen Buchstaben; das längere ist das ältere, das kürzere das jüngere. Während die Denkmäler der letztern Art mit dem 9., 10. Jahrhund. beginnen und sich über den ganzen skandinavischen Norden verbreiten, die zahlreichsten in Schweden, die ältesten in Dänemark, reichen die ersteren mit längerem Alphabet in frühere Jahrhunderte zurück und finden sich nur an den norwegischen und schwedischen Südküsten, in Dänemark und in Nordschleswig (wie z. B. das goldne Horn, eines der ältesten Denkmäler dieser Art Runen, bei Tondern gefunden wurde).

Von beiderlei Runeninschriften gilt, dass selbst in den Fällen, wo ihre Lesung und Deutung als sicher gelten darf, die Beurtheilung ihrer Sprache und des Verhältnisses, in welchem dieselbe zur altnordischen und altschwedischen steht, eine sehr bedingte ist. Sie ist es einmal durch die Dürftigkeit des in ihnen gebotenen Sprachstoffes sowohl rücksichtlich des Wortvorrathes, der vorwiegend in Namen besteht, als auch der Flexionsformen; sie ist es ferner und in noch viel höherem Grade durch das an sich schon zum Ausdruck der betreffenden Lautform ungenügende, überdiess aber durchaus regellos angewendete und deshalb vielfach schwankende Schriftmittel der Runen, dessen Unzulänglichkeit in vorliegendem Falle um so erheblicher ist, als die Kriterien für jene Beurtheilung wesentlich óder allein in der Lautform der betreffenden Sprache zu suchen sein möchten.

In beiderlei Runen ist die Sprache eine nordische. In den älteren ist sie es allerdings nur dann, wenn die Deutung der M-Rune (Rydqu. IV, 330) durch r (= goth. s) in den für das Nordische charakteristischen Fällen sich als die richtige behaupten sollte, im Übrigen eine jedenfalls germanische Sprache und von so alterthümlichem Gepräge, dass sie in einzelnen Punkten, so namentlich durch Bewahrung des thematischen Vocals in der A-Declination, selbst über das Wulfilanische Gothisch hinaufweist.

Die nordische Sprache der jüngern Runen stimmt mit der altnordischen und der altschwedischen in dem Grade überein, dass es nur wenige Punkte geben möchte, in denen eine derartige Runenschrift nach Form wie Inhalt nicht aus jenen beiden ihre vollständige Erklärung erhalten könnte. Während sie trotz des archaistischen Charakters, den sie sich andauernd bewahrt, so relativ-späte Erscheinungen wie den i-Umlaut, ja sogar den u-Umlaut aufweist, zeigt sie im Übrigen eine solche Mannichfaltigkeit der Lautform, möge diese nun in dialectischen Unterschieden oder in der Natur der Runenschrift und ihrer Anwendung begründet sein, dass sie die Frage: in wie weit sie ein nicht blos negatives, sondern positives Bild der gesammt-nordischen d. h. der noch ungespaltenen nordischen Sprache zu geben im Stande sei, zur Zeit wenigstens kaum noch beantworten lassen.

So viel scheint dagegen sicher zu sein: so sehr das Verständniss der Runeninschriften, mindestens der jüngern, von dem der altnord. Sprache bedingt ist, liegen doch kaum ein paar Fälle vor, in denen das der letztern durch jene auch nur irgend welche Förderung erhalten hätte.

Ein obwohl indirectes, doch reicheres und sicheres Bild gesammt-nordischer Sprache bieten uns die aus ihr entlehnten Wörter der lappischen und finnischen Sprache. Der fremden Zuthat entkleidet zeigen sie in dem, was sie als germanische und zwar bestimmt als nordgermanische Wörter erkennen lässt, ein so antikes Gepräge, dass ihre Entlehnung in einer den ältesten nordischen Schriftdenkmälern um mehrere Jahrhunderte vorausliegenden Zeit erfolgt sein muss. Die reinen, von Brechung und Umlaut noch unberührten Vocale, der Diphthong *ai* statt des späteren *ei*, ja auch *á*, die Bewahrung des *j* und *v*, des *b*, *h*, *lþ*, *ns*, *s* im Inlaute, die theilweise Erhaltung der thematischen Vocale u. s. w. — alles diess bezeugt und bestätigt eine Sprachgestaltung, wie sie für die gesammt-nordische Sprache nur auf historisch-comparativem Wege erschlossen werden konnte.

IV.

Die altnordische Sprache, wie sie uns in den Werken der alt-isländischen und alt-norwegischen Literatur entgegentritt, zeigt, wenn auch nicht ganz dasselbe Gepräge, doch ein solches, dessen Einheitlichkeit durch räumliche und zeitliche Unterschiede nur in sehr geringem Grade modificirt wird. Diess Gepräge aber ist ein wesentlich isländisches.

Norwegen durch ihre Herkunft angehörig und hier schon vor der Besiedlung Islands in skaldischer Dichtung gepflegt, erhielt sie doch ihre eigentliche Ausbildung zu Schrift und

Literatur nicht in Norwegen selbst, sondern auf Island. Unter dem begünstigenden Einflusse der eigenthümlich physischen wie socialen Verhältnisse der Insel wirkten hier mehrere Umstände als wesentliche Bildungsmittel für sie mit und neben einander: zunächst neben dem kunstmässigen Betrieb der skaldischen Dichtung die so beliebte von Jung und Alt, von Männern und Frauen geübte Kunst in gebundner Rede zu improvisiren, sodann die bei allen Zusammenkünften, auf allen Höfen des Landes gepflegte Sitte des Erzählens (*sagnaskemtan*), ferner die processualischen Verhandlungen am Landesding (*alþing*) und den verschiedenen Bezirksdingen, endlich die grammatische, bez. orthographische Regelung, die schon im 12. Jahrhund. der Sprache zu Theil ward.

Nichts von alle dem wird uns in Bezug auf Norwegen berichtet; wohl aber dass es isländische Skalden waren, die die norwegischen Fürstenhöfe besuchten und hier ihre Drapa's vortrugen, dass es isländische Sagamänner waren, die mit der Abfassung der Geschichte norwegischer Könige von diesen selbst betraut wurden, dass es sehr häufig isländische Schreiber waren, denen man die Abschriften norwegischer Werke, selbst der norwegischen Landesgesetze übertrug.

Wenn es hiernach in Verbindung mit der im Vergleich zu Norwegen weit stätigeren und umfänglicheren literarischen Thätigkeit der Isländer ausser Frage stehen möchte, dass die Ausbildung der gemeinsamen Sprache zur Schrift- und Literatursprache auf Island vor sich ging und sie in Folge dessen ein eigenthümlich isländisches Gepräge annehmen musste, so findet diess nur seine Bestätigung in einer Vergleichung der Sprachform in den auf Island und den in Norwegen geschriebenen, bez. abgeschriebenen Werken. Sie ergiebt bei einer im Übrigen durchgängigen Übereinstimmung eine Verschiedenheit, die sich — abgesehen von einigen lexicalischen Eigenthümlichkeiten — lediglich auf gewisse lautliche Besonderheiten in den norwegischen Werken und Handschriften beschränkt. Wenn dieselben hier in der Regel so bestimmt und consequent auftreten, dass sie ein zuverlässiges Kriterium der Herkunft für die betreffende Handschrift darbieten, ja sogar in norwegischen Abschriften isländischer Werke durch ihre Einführung sich ebenso geltend machen, wie umgekehrt durch ihre Unterlassung in den isländischen Abschriften norwegischer Werke, nehmen sie doch eine so vereinzelte Stellung in der sonst gleichen Sprachform ein, dass nur diese als die Norm, sie selbst aber nur als Abweichungen von derselben, nur als N o r v a g i s m e n zu betrachten sind.

Ihrem etymologischen Charakter nach theils älteren, theils jüngeren Stadium's als die gemeinsame Sprache, einige von ihnen den Übergang zum Schwedischen vermittelnd, sind diese Norvagismen die ersten Kundgebungen dialectischer Spaltung, die der norwegischen Sprache in kenntlicherem Grade zwar erst seit dem Beginne des 14. Jahrhund. widerfuhr, doch bereits in ihren ältesten Literaturdenkmälern vom Ende des 12. Jahrhund. zu Tage tritt.

Die kenntlichsten dieser norwegischen Eigenthümlichkeiten sind folgende:

(Vocale.) 1. genaue Unterscheidung des *æ* und *œ* als der *i*-Umlaute von *á* und *ó* (z. B. *fæð-* und *fœð-*, *mæt-* und *mœt-*, *nær-* und *nœr-*, *ræð-* und *rœð-*, *ræk-* und *rœk-*, *sær-* und *sœr-* u. a.); auf Island, wenn auch in den ältesten Handschriften noch unterschieden, werden beide Umlaute seit dem Ende des 13.

Jahrhund. gleichmässig durch *æ* ausgedrückt; sonach *særa:* vulnerare (von *sár*) un d obsecrare (von *sór*).

2. häufige Unterlassung des *u*-Umlautes, namentlich in der Ableitung (z. B. norw. *elskaðu* und *riddarum* — isl. *elskuðu* und *riddurum*), doch auch im Stamme, sofern *u* folgt (norw. *allum* — isl. *öllum*), nicht wenn es geschwunden (norw. u n d isl. *sök*, d. i. *SAKU*).

3. *æ* = *e* und ebenso *æi* und *æy* (und *œy*) = *ei* und *ey* (z. B. *hælgum* = *helgum, æin* = *ein, læystan* = *leystan, hœyrða* = *heyrða*).

4. *æ* = *a*, namentlich *jæ* = *ja* (z. B. *þænn* = *þann, hvær* = *hvar, gjærn* = *gjarn, gjælda* = *gjalda*).

(Consonanten.) 1. Weglassung des *h* vor *l, n, r* (z. B. *lcypa* = *hlcypa, níga* = *hníga, rútr* = *hrútr*).

2. Beibehaltung des *v* vor *u* (*u, o*) z. B. *vurðu* = *urðu, voltið* = *oltið*.

3. Unterscheidung zwischen *þ* für den Anlaut und *ð* für den In- und Auslaut, während das ältere Isländisch nur *þ* kennt.

4. *mn* häufiger, als *fn*, z. B. in *samn* und *safn, nemna* und *nefna*.

5. *rs* = *ss*, z. B. *þersi* = *þessi, hversir* = *hvessir*.

6. Einschiebung eines dissimilirenden *r, b, t* (*guðrs* = *guðs, sumbri* = *sumri, laustn* = *lausn*).

7. *r* = *ð* (oder *t*) in der 2. pl. (*-ir* = *-it* und *-ur* = *-ut*, z. B. *þér lýsir* = *lýsit, mæltur* = *mæltut*).

Eine Reihe anderer Erscheinungen dieser Art sind weniger allgemein und gehören entweder nur einzelnen Handschriften an oder treten erst später auf.

Neben diesem auf der Herkunft beruhenden Unterschiede zeigt sich in der altnordischen Sprache noch ein weiterer zwischen älterer und späterer Sprachform. Ist er an sich schon ein geringer, so ist auch die Möglichkeit seiner Wahrnehmung eine sehr beschränkte; nicht sowohl durch den Mangel an älteren Literaturerzeugnissen, sondern durch den einer gleichzeitigen Überlieferung derselben. Dieser Mangel ist aber im vorliegenden Falle um so erheblicher, als gerade hier auf Island beim Abschreiben älterer Werke das Interesse für deren Inhalt in demselben Grad vorherrschte, in dem es für die Form, insonderheit die sprachliche zurücktrat; gleichgiltig gegen deren Eigenthümlichkeit, und nur auf treue Wiedergabe des Inhaltes bedacht, verändert der Schreibende unwillkürlich die Sprachform des Originals in die ihm zeitgenössische. Wenn bei der Abschrift alter Gedichte die eine oder andere ältere Form, so weit sie durch Stab- oder Silben-Reim oder durch Silbenzahl bedingt war, entweder erhalten blieb oder, wenn gleichwohl in der Abschrift verloren, dennoch sich wieder erkennen und herstellen lässt, so gilt diess doch nicht von der Abschrift älterer prosaischer Werke, deren ältere Formen, nur wenn sie übersehen wurden, unverändert sich erhielten; nur bei formelhafter und deshalb festgewordener Rede in Gesetzen, Sprichwörtern und dergleichen findet eine Ausnahme statt.

Auch bei diesem zeitlichen Unterschiede ist es wiederum die Lautgestalt, auf deren Gebiete er sich vorzugsweise geltend macht. Die Grenzen zwischen dem Aufhören der älteren Sprachform und dem Beginne der sich aus ihr entwickelnden jüngeren treten jedoch, wie sich erwarten lässt, weniger scharf hervor, als diess rücksichtlich der Norvagismen in der normalen Sprache der Fall ist; wenn vielmehr einzelne Archaismen sich noch ziemlich lange erhielten, giebt es wenige spätere, sogar neuisländische Formen, deren Spur sich nicht bis in das 13., ja 12. Jahrhundert zurückverfolgen liesse. Dazu kommt, dass die Orthographie der Handschriften, weil je älter um so schwankender, die richtige Auffassung der betreffenden Lautform unsicher macht und erschwert und indem ebensowenig hier wie anderwärts Aussprache und Orthographie gleichen Schritt hielten, diese gar häufig noch fortbesteht, wenn jene schon längst eine andere geworden.

Gleichwohl giebt es eine Reihe von Erscheinungen, die sich mit Sicherheit als Eigenthümlichkeiten eines älteren Sprachstadiums erkennen lassen; es sind folgende:

(Vocale.) 1. Unterscheidung eines zweifachen *e*-Lautes im Stamme, des *e* (= *a*, durch Umlaut) und des *e* (= *i*, durch Schwächung), nach Laut (spr. *ä* und *ĕ*) wie nach Lautzeichen (*ę*, *æ* und *e*) gesondert.

2. Unterscheidung eines zweifachen *ö*-Lautes, je nachdem dieser Umlaut durch *u* oder durch *vj* gewirkt wird, der letztere durch *ø* (*œ*) oder auch *ey* bezeichnet.

3. *U*-Umlaut des *á* zu *ó* (*τὰ mól* = *mál* [d. i. *MALU*], *bóđu* = *báđu*, 3. pl. praet. von *biđja*).

4. *I*-Umlaut des *o* zu *ö* (*oi sönir* von *sonr*, *ai hnötr* von *hnot*) wie des *ó* zu *œ*; der letztere schwand auf Island in der Mitte des 13. Jahrhund., erhielt sich aber in Norwegen (s. oben).

5. *e* = *i* und *o* = *u* in Ableitung und Flexion, theils allein-, theils vorherrschend; auch *ea* = *ia* (*ja*).

(Consonanten.) 1. *s* = *r* in der Partikel *es* und in den Formen *es*, *est*, *vas*, *vast*, *vesandi*, *ves*, *vesa* des Substantivverb. *vera*.

2. *sk* für das spätere *z*, *zt*, *st* (*mk* und *mst* für das spätere *st*) in den Medialformen des Verbum.

3. *þ* (in den ält. isl. Handschr. im An-, wie im In- und Auslaute) auch nach *l, m, n* und nach *p, k*, sofern es nicht dem Stamme, sondern der Ableitung oder Flexion gehört (z. B. *brenþi*, aber nicht: *senþu*).

Ausser diesen lautlichen Kriterien älterer Sprache bietet sie in grammatischer wie lexicalischer Beziehung nur Weniges, was ihr ausschliesslich angehörte; öfter zeigen die starken Feminina *-u* im dat. sing., *-ar* (statt *-ir*) im Nom. und Acc. pl., der Gebrauch starker Verba häufiger, als der entsprechenden schwachen; die Negation durch Suffigirung des verbalen *-a*, *-at* und des nominalen *-gi* gehört nur der Dichtung und ältesten Prosa an, der Gebrauch des Bragarmál in *þars* (= *þar es*) u. s. w., in *emk* u. a. wohl nur jener.

Wenn hiernach die in Herkunft und Alter begründeten Unterschiede, die sich in der Sprache der alten Literatur kund geben, doch nur unbedeutend sind und das Gepräge räumlicher wie zeitlicher Einheitlichkeit nur in sehr geringem Grade alteriren, ergeben sich doch innerhalb derselben um so schärfere Unterschiede, sofern es sich um die verschiedenen literarischen Formen handelt, denen die altnordische Sprache bei Isländern und Norwegern zum Ausdruck dient.

Diese Unterschiede treten vor Allem und hauptsächlich hervor zwischen der Dichtung und der Prosa, in grösserem oder geringerem Grade zwischen den einzelnen Gattungen der einen und der andern.

Lautform, Flexion, Syntax werden hierbei nur wenig berührt; jene Archaismen und Norvagismen kommen nur insoweit in Betracht, als gewisse Formen entweder nur oder doch vorwiegend der ältern Zeit angehören, und als wiederum andere Formen nicht in Norwegen, sondern nur auf

Island, oder wenn auch hier wie dort, doch in verschiedener Ausdehnung gepflegt werden.

Das was zunächst die durch Metrum gebundene Rede der Dichtung von der freien prosaischen unterscheidet, ist in erster Linie lexicalischer Art, sodann die Stellung der Worte.

Der lexicalische Unterschied zwischen Dichtung und Prosa umfasst keineswegs alle Redetheile: eine Anzahl Adjectiva, Verba, Partikeln scheinen nur insofern der poetischen Diction anzugehören, als sie später nicht mehr in Prosa gebraucht und nur noch in der Dichtung zulässig waren. Jener Unterschied beschränkt sich vielmehr auf Nomina substantiva und selbst bei diesen auf eine nicht gar grosse Anzahl von Begriffen, wie ja der Ideenkreis, innerhalb dessen sich die skaldische Dichtung bewegt, ein ziemlich beschränkter ist.

Dem Ausdrucke dieser Nominalbegriffe steht nun aber ein Wörterschatz zur Verfügung, der der Prosa fremd und nur in der Dichtung angewendet ebenso reich als mannichfaltig ist. Statt oder auch neben dem einen oder den paar Ausdrücken, womit die Prosa und die Rede des gewöhnlichen Verkehrs ein Substantiv bezeichnen, bietet sich dem Skalden eine ganze Reihe von Ausdrücken dar, zwischen denen er wählt und wechselt. Es sind jene *úkend heiti:* unumschriebene Benennungen, die entweder allein, oder in zwei-, drei-, selbst fünffacher Verbindung zu Umschreibungen (*kenningar*) wiederum nur für einfache Nomina verwendet, ein so wichtiges, ja so oft das wesentliche Element der alten Dichtung bilden. Noch besitzen wir, ganz abgesehen von der ausführlichen Darstellung dieses Gegenstandes im Skáldskaparmál in der Snorra-Edda eine ziemliche Anzahl jener nafna-þulur, die lediglich in Aufzählung solcher *úkend heiti* bestehen und dem isländischen Dichter als *versus memoriales* dienen sollen; haben doch Alvíssmál und Grímnismál in der sog. Sæmundar-Edda keinen andern Zweck, als einen gewissen Vorrath poetischer Ausdrücke nur in mythologischer Einkleidung dem Gedächtniss zum Verständniss der vorhandenen, zur Fertigung neuer Gedichte lebendig zu erhalten.

Ein fernerer Unterschied zwischen dichterischer und prosaischer Rede ist die Stellung der Worte im Satze. Gegenüber der einfachen und natürlichen Wortfolge der Prosa ist Trennung und Umstellung der im Satze logisch und grammatisch zusammengehörigen Worte für die Dichtung charakteristisch. Zum Theil zwar mag sie durch das Metrum geboten sein, in dem gleichzeitig zu berücksichtigen sind Stabreim und Assonanz und Silbenzahl und die enge Grenze, die dem Umfange jeden Satzes und seiner Parenthese (des *stál*) durch die Halbstrophe, ja durch die Viertelstrophe gezogen ist. Sie ist aber nichts weniger als alleinige Folge des Metrum; frei wie sie es einmal im Gedichte sein darf und wie sie es bei den scharf von einander gesonderten Flexionsformen in Declination und Conjugation sein kann, dient sie vielmehr zu einem Mittel, den logischen Nachdruck, den die Gedrungenheit des poetischen Ausdrucks nicht bloss einem, sondern mehreren Worten zugleich verleihen will, durch treffende d. h. klangvolle Stellung im Verse für den Hörer auch sinnlich wahrnehmbar zu machen und hiermit zugleich dem ganzen Wortgefüge eine so feste und bestimmte Geschlossenheit zu geben, dass jede Verrückung oder jeder Ausfall eines einzelnen Theiles ohne Zerstörung des Ganzen unmöglich ist; so allein vermochten sich diese nur gesprochnen, diese nur gehörten Gedichte dem Gedächtniss einzuprägen. Diese ganz absichtlich von der Prosa abweichende Stellung der Worte ist es, deren selbst das schmuckloseste Gedicht im einfachen kviðuháttr nicht entbehrt und die den wesentlichen Unterschied zwischen ihm und alliterirender Prosa begründet.

Beide Kriterien, Diction und Wortstellung, wie sie die dichterische Rede von der prosaischen unterscheiden, bestimmen durch das Maas, in welchem sie in der Dichtung angewendet werden, auch die Verschiedenheiten innerhalb dieser selbst. Im Allgemeinen zwar geschieht diess in Übereinstimmung mit den beiden Hauptmetren der altnord. Dichtung, dem einfacheren kviðuháttr (oder fornyrðalag) und dem kunstvolleren dróttkvætt: in demselben Grade als sich das letztere durch Reichthum und Fülle, ja Überhäufung der úkend heiti und der kenningar, wie durch Umstellung der Worte von der Prosa entfernt, nähert sich ihr das erstere durch das bescheidene Maas, das sie in beiderlei Beziehung beobachtet. Gleichwohl gestattet auch der kviðuháttr nicht weniger den vollsten Redeschmuck des dróttkvætt (z. B. in den Hákonarmál des Sturla Þórðarson), als das letztere öfters auf solchen Schmuck verzichtet und soweit nur möglich die natürliche Wortfolge einhält (z. B. in vielen lausavísur).

Viel weniger scharf als die dichterische Rede der prosaischen, als selbst in jener die des kviðuháttr der des dróttkvætt gegenübersteht, tritt der Unterschied zwischen den verschiedenen Gattungen der Prosa hervor. Erzählung, Belehrung, Gesetz — verschieden nach Zweck und Inhalt, lassen zwar eine dem entsprechende, gleichwohl nicht derartige Verschiedenheit der Darstellung erkennen, dass sie sich in gesonderter Anwendung der sprachlichen Ausdrucksmittel kund gäbe. Gemeinsam ihnen allen ist der einfache

Satzbau, der mit möglichster Vermeidung aller Zwischen-
sätze und Einschaltungen, die Glieder theils und zwar vorwiegend coordinirend, theils subordinirend nebeneinander
stellt; die kunstvolle Periode ist der altnord. Prosa völlig
fremd. Die Verknüpfung, oder vielmehr Anreihung der Sätze
geschieht durch: aber, und, da; 'und', namentlich in
der Grágás, nach alter Weise häufig den Nachsatz begin-
nend.

Gleichwohl macht sich ein durchgehender Unterschied
geltend, wenn auch nicht in den Gesetzen, wohl aber in den
übrigen Prosawerken und, wie nicht anders zu erwarten, am
meisten in derjenigen Prosa, die zur reichsten und umfäng-
lichsten Entwicklung gedieh, in der erzählenden.

Nicht aber diejenige, zwar gleichfalls vielfach sichtbare
Verschiedenheit ist gemeint, die sich zwischen der vollen-
deteren Darstellung und der minder vollendeten kund giebt,
z. B. zwischen Werken wie der classischen Heimskringla,
Egils saga, Laxdœla u. a. einerseits, dem unbeholfenen Ágrip,
der legendar. Olafs saga, der Heiðarvíga saga u. a. andrerseits; diese Verschiedenheit gehört theils der Zeit, in der
sich sehr wohl die Perioden des Aufgangs, der Höhe, des
Verfalls erkennen lassen, theils der grösseren oder geringe-
ren Begabung und Ausbildung der einzelnen Verfasser; es
sind diess Grad-, aber nicht Wesens-Unterschiede.

Der Unterschied, um den es sich hier handelt, ist der
zwischen dem Einheimischen und dem Fremden, zwischen
den Werken, die nach Inhalt und Form als durchaus originale zu betrachten sind, und denen, die ihre Entstehung
ausländischen Werken verdanken oder die von Solchen verfasst sind, die sich die Kenntniss fremder Sprache und Literatur angeeignet hatten.

Dieser Unterschied gründet sich auf den wesentlich verschiedenen Charakter der altnord. bez. isländischen Prosa und der fremden, die im vorliegenden Falle zumeist die lateinische ist. Während jene im engsten Anschluss an die Redesprache sich lediglich im mündlichen Vortrage heran- und ausgebildet und in Folge dessen nicht nur ein vorzugsweise volksthümliches, sondern auch ein ganz individuell-locales Gepräge angenommen hat, steht ihr in der lateinischen die Prosa einer Sprache gegenüber, die — ganz abgesehen von ihrer Bedeutung und Verbreitung als die Sprache der Kirche — seit langen Jahrhunderten eine fertige Literatursprache, und, nur geschrieben, jedweder Nationalität, jedwedem Lande des Occidents für die verschiedensten Zwecke zum gleichgerechten Ausdrucke geworden war. Dieser kosmopolitische Charakter des Lateinischen ist es, der, soweit nur immer die so fest ausgeprägte Eigenthümlichkeit der altnord. bez. isländischen Prosa diess gestattet, sich gleichwohl in allen denjenigen ihrer Erzeugnisse geltend macht, die zunächst zwar nach lateinischen Originalen, doch wenn auch nach Werken in französischer oder deutscher Sprache, jedenfalls von Verfassern mit lateinischer Bildung bearbeitet sind. Er zeigt sich aber nicht sowohl in den hier und da vorkommenden lateinischen Wendungen des Satzbaues (Relativsätzen, Participialconstructionen u. dgl.) und den einzelnen lateinischen, französischen, deutschen Ausdrücken, sondern in einem gewissen Typus der Einfachheit und Allgemeinheit des ganzen Vortrages, zu der das specifisch isländische Gepräge jener durchaus originalen Werke einen leicht erkennbaren Gegensatz bildet. Hierin liegt der Grund, weshalb solche Werke fremden Ursprungs, z. B. Strengleikar, Alexanders saga, Stjórn, Diðreks saga für uns Nicht-Isländer bei weitem leichter zu verstehen sind, als irgend eine der Noregs konunga sögur, insonderheit aber der Íslendinga sögur. Wie häufig steht der fast durchgängigen Congruenz des altn. und des deutschen Ausdrucks in den erstern eine völlige Incongruenz in den letzteren gegenüber! —

Der Wörterschatz der altnord. Sprache ist ein überaus reicher; nicht allein dass er in seinen einfachen Wörtern neben so vielen etymologisch annoch unbestimmbaren einen sehr grossen Theil des gesammt-germanischen Sprachschatzes umfasst, ist er auch um ein bedeutendes vermehrt theils durch ausgedehnteste Anwendung der dem Germanischen zuständigen Mittel der Ableitung und Zusammensetzung, theils durch mehrfache Entlehnung aus andern Sprachen: aus der lateinischen, der keltischen, der englischen, der französischen und der deutschen.

Lateinische Worte, deren schon Völuspá und andere Lieder der Sæm.-Edda aufweisen, wurden ihm doch vorzugsweise von der Kirche und kirchlichen Literatur zugeführt.

Die keltischen Worte rühren aus der Zeit von Islands Besiedelung und den ihr vorausgehenden Jahrzehenden; denn weit entfernt, dass alle norwegischen Besiedler direct von Norwegen nach Island zogen, nahm ein grosser Theil von ihnen seinen Weg über Schottland und Irland und die brittischen Inseln (Orkneys und Hebriden und Shetlande), um, nachdem sie kürzere oder längere Zeit auf denselben verweilt, sich erst von hier aus in die neuerwählte Heimath zu begeben; so kam es, dass nicht nur Thiere (vor Allem das Pferd und das Schaf), sondern namentlich auch die Dienenden und Unfreien von jenen keltischen Inseln nach Island überführt, ja dass auch manche Familienverbindungen mit Kelten angeknüpft wurden; eine Reihe von isländischen

Namen sind keltisch, z. B. Njáll, Mælkólfr (Malcolm)', Ko-
nall, Dufþakr, Gilli.

Englische Worte entstammen feindlichem wie fried-
lichem Verkehr mit den Angelsachsen; während im 8., 9.
Jahrhundert die englischen Ostküsten vielfach von norwegischen Vikingern heimgesucht und oft längere Zeit in Besitz
gehalten wurden, ist es später der Handel, der viele Norweger und Isländer nach England führt; isländische Skalden
besuchen englische Fürstenhöfe; von den Angelsachsen erhielten ferner die Norweger das Christenthum, Bekanntschaf-
mit ags. Schrift und Literatur ergiebt sich bereits aus den
grammatischen Abhandlungen der SE., der Buchstabe ed (*ð*)
ist den Angelsachsen entlehnt.

Die französischen Wörter und die deutschen sind
wohl nur der Bearbeitung französischer und deutscher Quellen zuzuschreiben (z. B. Strengleikar, Karlamagnús saga,
Diðreks saga); nur wenige von ihnen, wie *kurt, kurteiss,
písa, púta, stolz* u. a. mögen anderwärts verwendet sein.

Dieser Wortreichthum der altnord. Sprache tritt besonders hervor in der alten Dichtung (s. oben), wenn auch die
Sprache des Rechts durch ihre reiche Terminologie und die
Sprache der Saga durch die wunderbar vielfachen Ausdrücke,
die ihr bei der leiblichen wie geistigen Charakteristik der
auftretenden Personen zu Gebote stehen, durch Fülle und
Mannichfaltigkeit sich nicht minder auszeichnen.

V.

Wir haben keinen Grund anzunehmen, dass die altnordische Sprache oder die Sprache der altisländischen und altnorwegischen Literatur eine andere gewesen, als die des
mündlichen Verkehrs auf Island und in Norwegen; das Ge-

präge der Volksthümlichkeit, das dieser Literatur nach Inhalt und Form, fast durchweg in ihrer Prosa, zum Theil in ihren Gedichten in ganz besonders hohem Grade eigenthümlich ist, bürgt vielmehr dafür, dass die Schriftsprache Islands und Norwegens eine und dieselbe mit der dortigen Redesprache gewesen sei.

Andrerseits lässt die wesentliche Identität zwischen der Sprache Norwegens und des von ihm aus besiedelten Islands darauf schliessen, dass auch an den übrigen von Norwegen (und von Island) aus besiedelten Stätten dieselbe altnordische Sprache geherrscht habe; einige, wenn auch nur wenige Schriftdenkmäler, insonderheit aber die Ortsnamen jener Stätten dienen dem zur Bestätigung.

Das räumliche Gebiet der altnordischen Sprache war sonach das Noregsveldi, d. h. das Königreich Norwegen mit den von ihm aus, sei es unmittelbar oder mittelbar, besiedelten und seiner Herrschaft auf längere oder kürzere Zeit unterworfenen Küsten und Inseln im Westen des Reichs, sonach: theils den Küsten Irlands und Schottlands sammt der Insel Man, den Hebriden, den Shetlanden und Orkneys, theils den Færöern, Island und der von Island aus besiedelten Ostküste Grönlands.

Die Dauer der altnord. Sprache ist an den genannten Stätten eine sehr ungleiche.

Auf Grönlands Küste so wie den brittischen Küsten und Inseln ist sie seit der Mitte des 15. Jahrhund., zum Theil noch früher, fast spurlos verschwunden; nur eine Anzahl Ortsnamen haben das nordische Gepräge bewahrt.

In Norwegen, auf den Færöern und auf Island hat sie sich erhalten, wiewohl in sehr verschiedener Weise.

Auf den Færöern und in Norwegen wird sie noch heute gesprochen, doch hier wie dort, weil seit Jahrhunderten der Anwendung in Schrift und der Bildung durch höhere Redezwecke entbehrend, in mehrfache Dialecte gespalten und der alten Reinheit und Festigkeit ihrer grammatischen Formen verlustig; hier wie dort ist es bereits seit dem 15. Jahrhund. die dänische Sprache, die, wie sie allein in Kirche, Schule, Gericht und von der städtischen Bevölkerung gesprochen wird, so auch dem Norweger wie dem Færing zur alleinigen Schriftsprache dient.`

Die Sprache der Færöer, die in dort ausgestellten Urkunden des 14. und 15. Jahrhund. eine rein isländische Form zeigt, erscheint heutzutage als eine merklich abweichende Mundart des Isländischen, die selbst wiederum auf den verschiedenen Inseln verschieden gesprochen wird; wir lernen sie aus Lyngbye's, Schröter's, Hammershaimb's Aufzeichnungen der alten Volkslieder kennen, die sich dort Jahrhunderte hindurch in mündlicher Überlieferung erhalten und noch heutzutage zum Tanze gesungen werden.

Die Sprache der in Norwegen verfassten Werke erscheint noch am Ende des 13. Jahrhund. — bis auf gewisse lautliche Verschiedenheiten (s. oben) — als durchaus dieselbe, die wir aus den isländischen Werken dieser Zeit kennen. Seit dem Beginne des 14. Jahrhund. tritt in der norwegischen Schriftsprache eine merkliche Veränderung ein; die Reinheit der bisherigen Laut- und Flexionsformen wird vernachlässigt und ihr einheitliches Gepräge theils durch dialectische Spaltungen der norwegischen Sprache selber, theils durch das Eindringen schwedischer und dänischer Formen gestört.

Diese Veränderung der Sprache ist wesentlich in dem Aufhören der norwegischen Literatur, dieses selbst wiederum in der Umgestaltung begründet, die dem norwegischen Reiche zu jener Zeit durch seine Verbindung erst mit Schweden, dann mit Dänemark widerfuhr. Indem sie zunächst die Regierenden betraf, musste sie für die Literatur um so fühlbarer werden, als dieselbe weder von Seiten der Verfasser noch der Leser mindestens in dem Grade wie auf Island eine volksthümliche, sondern vorwiegend eine am norwegischen Königshofe begünstigte und an ihm gepflegte war. Neben der Kirche, die für Homilien und Legenden sorgte, war es vornehmlich der königliche Hof und sein Kreis, ja einzelne Könige selber, von wo aus — abgesehen von der officiellen Gesetzes- und Urkundenliteratur — die Übertragung und Bearbeitung fremdländischer Originale, meist wälscher Romane ausgeht; das Speculum regale nebst dem Anecdoton, wie andrerseits die Diðrekssaga, obwohl auch sie nicht auf heimischen, sondern auf deutschen Originalen beruht, nehmen in der norwegischen Literatur eine vereinzelte Stellung ein.

Als sonach an die Stelle der norwegischen Könige seit dem Beginne des 14. Jahrhund. schwedische, seit dem Ende desselben Jahrhund. dänische Herrscher traten und eine literarische Production in Norwegen, so weit sie nicht in der Ausstellung von Urkunden bestand, nicht mehr in norwegischer Sprache, sondern in schwedischer und dänischer geschah, verlor die erstere, der Zucht durch literarischen Gebrauch enthoben und sich selbst überlassen, ihre bisherige Reinheit und Einheitlichkeit und es trat eine Spaltung derselben in verschiedene Dialecte ein, die sich im Laufe der Zeit um so schärfer sonderten, als dem fremden Herrscher-

hause gegenüber das Interesse an den allgemeinen Landes-
angelegenheiten schwand und dafür die Sonderinteressen der
einzelnen Landestheile und hiermit deren sprachliche Eigenthümlichkeiten sich um so bestimmter ausbildeten.

Nicht aber als ob eine solche dialectische Spaltung erst
zu Anfange des 14. Jahrhund. eingetreten, weist vielmehr
die weite Ausdehnung und mannichfaltige Gliederung des
Landes so wie dessen politische und sociale Einrichtung
darauf hin, dass sie schon früher begonnen und neben der
in sich einheitlichen Schriftsprache bestanden habe. Wenn
sie sich in dieser bis dahin nicht in höherem Grade geltend
gemacht, als in jenen Norvagismen, so erklärt sich diess
daraus, dass diese norwegische Schriftsprache als solche nicht
etwa aus einem besondern norwegischen Dialecte hervorge-
gangen, wie die schwedische aus dem Södermannlands, die
dänische aus dem seeländischen, sondern dass sie wesentlich auf Island und durch isländische Schriftsteller ausgebildet und von dort dem Norweger überkommen war.

Auf Island dagegen hat sich die altnordische Sprache
so gut wie unverändert erhalten und lebt dort wesentlich
in derselben Gestalt fort, die wir aus der alten Literatur
kennen.

Wie in Norwegen das Aufhören der Literatur und somit
auch der Pflege einer Schriftsprache die Veränderung der
bisherigen Sprache herbeiführte und diese in verschiedene
Mundarten auseinander gehen liess, so war es wiederum auf
Island gerade der Fortbestand literarischer Thätigkeit und
die andauernde Pflege der alten Literatur, wodurch die
Sprache in ihrer Reinheit bewahrt und vor dialectischer
Zersplitterung geschützt wurde. Namentlich erscheint hier
jene Pflege der überlieferten Literatur von Bedeutung: durch

vielfältige Abschriften überall im Lande verbreitet und ver-
möge ihrer Volksthümlichkeit von allen Ständen gelesen und
geschätzt, ein so wesentliches Mittel der Unterhaltung in
den langen isländischen Wintern, später auch Gegenstand
eingehender historischer und antiquarischer Erforschung, war
sie es vorzugsweise, die der alten Sprache ihren Fortbestand
sicherte und sie gleichmässig und unverändert erhielt. Und
als die Sprache Islands, obwohl schon vor der Reformation
(1550), doch namentlich während der darauf folgenden Jahrhunderte unter Einfluss des Dänischen (und mittelbar auch
des Deutschen) sowohl in ihrem Wortschatze als auch in
ihrer Orthographie mancherlei Einbusse an ersterem und
mancherlei Entstellung der letzteren bereits erfahren hatte
und in Gefahr stand der ursprünglichen Reinheit sich noch
mehr zu entfremden, war es widerum die alte Literatur, an
deren so reicher und ausgebildeter Sprache die heutige ihre
Norm und ihr Correctiv fand. Diese reformatorischen Bestre-
bungen beginnen in den Siebzigern des 18. Jahrhund. mit
Jón Olafsson frá Svefney; sie werden besonders angeregt
durch Rasks Gründung der isländischen Literaturgesellschaft
(1816) und haben in den letzten Jahrzehenden von grammatischer und philologischer Seite her eine besondere Pflege
erfahren. Sie spricht sich theils in dem puristischen Stre-
ben aus, keine Fremdwörter zu dulden und den Ausdruck
für ihren Inhalt vielmehr aus den Mitteln der eignen Sprache
zu beschaffen, theils in einer durch Etymologie begründeten
Orthographie; haben doch einige Neuere keinen Anstand
genommen, z. B. den Umlaut *œ*, den nur die ältesten isländischen Handschriften kennen, in ihre Schriften aufzunehmen.

Versuchen wir einen kurzen Überblick der Unterschiede,
die zwischen der altnordischen Sprache und der heutigen

Sprache Islands stattfinden, so sind es auf dem Gebiete der Lautform, bez. Orthographie und dem der Flexion folgende:

(Lautform.) 1. Epenthesis eines *u* vor jedem auslautenden *r*, dem ein. Consonant vorausgeht, z. B. *ó hestur* = *hestr* (τοῦ *hests* u. s. w.), *ó ríkur* = *ríkr*, adj. *oi dómendur* = *dómendr*, *ai rœtur* = *rœtr*, *gefur* = *gefr*, 3. sg., *áđur* = *áđr*, adv. u. s. w. NB. *ó dalur* (nicht *dölur*) = *dalr*.

2. An die Stelle des *é* ist überall in der Aussprache *je* (spr. jä), in der Schrift *je* (oder *è*) getreten, z. B. *rjett* = *rétt*, *hjet* = *hét*, *fiekk* = *fékk*, *vjer* = *vér*, *sje* = *sé* (oder *rètt, hèt, fèkk, vèr, sè*) u. s. w.

3. Der Laut *y* (*ý, ey*) ist geschwunden und in den des *i* (*í, ei*) aufgegangen; gleichwohl erhält sich etymologische Unterscheidung von *i* (*í, ei*) und *y* (*ý, ey*) in der Orthographie.

4. Man spricht und schreibt die Vocale *a, ö, e, i* (*y*), *u* vor *ng: áng, aung, eing, íng* (*ýng*), *úng;* z. B. *ó lángr, ḗ laung* (= *löng*), *leingi*, adv. (= *lengi*), *Íslendíngr*, (*ýngri*), *túnga*. NB. *au* (in *laung*) und *ei* (in *leingi*) sind die vor *ng* verlängerten *ö* und *e*.

5. In Ableitung und Flexion durchgängig *i* und *u*, ausgenommen im Adverb. *-lega* (statt *-liga*), z. B. *góđlega;* ebenso negatives *ó-* (statt *ú-*), z. B. *ófriđur*.

6. Epenthesis eines *j* in Rede wie Schrift nicht allein nach *g* und *k* vor *œ, e, i* (*y*), *ei* (*ey*) — obwohl nur selten noch —, sondern auch vor *i* nach *đ* und *l*, z. B. *þriđji* = *þriđi, skilji* = *skili* (separet).

7. Erweichung der auslautenden Tenues *k* und *t* zu *g* und *đ* in: *og, mig, þig, sig* = *ok, mik, þik, sik*

u. s. w., in *ađ, þađ, viđ*, im Neutr. *-ađ*, in der 2. pl.
-iđ und *-uđ = at, þat, vit, -at, -it, -ut.*

8. Vereinfachung der auslautenden *rr* (auch wohl *ss* und
nn), z. B. *ó stór = stórr, ó annar = annarr, ber =
berr*, 3. sg.

(Flexion.) 1. Die Mascc. *-ir* behalten ihr *r* im Sing. und
Plur., so dass nom. dat. acc. im Sing. gleich lauten,
z. B. *ó, τῷ, τὸν hirđir, τοῦ hirđirs*, im Plur. *oi hell-
rar, τῶν* und *τοὺς hellra, τοῖς hellrum*.

2. Verwendung des Dualis der 1. und 2. Pers. des per-
sönl. Pronom. auch für den Pluralis, *viđ = vjer* und
þiđ = þjer.

3. Die Zahlformen *tvö* und *sjö = tvau* und *sjau* (doch
kein *þö = þau* im Pronom.).

4. Die 1. sg. beider Conjj. und des Ind. des (schw.) Praet.
endet nicht auf *a*, sondern übereinstimmend mit der
3. sg. auf *i*, z. B. *kalli:* vocem und vocet, *kallađi:*
1. vocabam und vocabat, 2. vocarem und vocaret.

5. Die 1. pl. conj. des Praes. endet auf *-um* (nicht *-im*),
z. B. *köllum:* vocamus und vocemus.

6. Die 1—3. pl. conj. des Prät. *-um, -uđ, -u* (statt *-im,
-it, -i*) *gæfum, gæfuđ, gæfu;* so auch *sjeum, sjeuđ,
sjeu:* simus, sitis, sint.

7. Die 2. sg. des starken Praet. endet (wie im Nhd.)
auf *-st* statt auf *-t*, z. B. *gafst = gaft*.

8. Die 2. sg. des stark. wie schw. Praes. erhält öfters nach
r ein *đ*, z. B. *sérđ (= sér):* vides, *flýrđ (= flýr):* fugis.

9. An die Stelle der schwachen Participialendung *-iđr*
tritt die auf *-inn*, z. B. *skilinn = skiliđr*.

10. Die 1. sg. von *hafa* und *vera* lautet: *ekhef* und *ek
er* (statt *hefi* und *em*).

VI.

Die Quellen, aus denen wir unsere Kenntniss der alt-nord. Sprache schöpfen, sind die in ihr verfassten Werke der altisländischen und altnorwegischen Literatur.

Sie bestehen theils in Werken der gebundenen, theils der ungebundenen Rede; die letztern oder die Prosawerke, und unter ihnen wiederum die der erzählenden Prosa, die Saga's (sögur) bilden die weit überwiegende Mehrheit; Gesetze, Rechtsbücher, Homilien und was sich sonst von Prosaschriften vorfindet, tritt an Zahl hinter ihnen weit zurück. Jene Saga's sind es auch, denen man den bei weitem grössten Theil der meist in Form von Citaten, obwohl nur fragmentarisch in sie aufgenommenen Gedichte verdankt; vollständige Gedichte sind ausser den in der sogenannten Sæmundar - Edda gesammelten nur etwa einige zwanzig überliefert.

Der Beginn literarischer Thätigkeit fällt in Norwegen wie auf Island in die erste Hälfte des 12. Jahrhund., hier wie dort bedingt durch die Bekanntschaft mit lateinischer Literatur und Schrift, die den nordischen wie den übrigen Germanen durch Einführung des Christenthums vermittelt wurde; letztere geschah auf Island im Jahre 1000, in Norwegen während des 10. und der ersten Hälfte des 11. Jahrhunderts. Sobald in der lateinischen Schrift ein geeignetes Mittel zum graphischen Ausdrucke der heimischen Sprache gefunden, tritt es zunächst in den Dienst von Staat und Kirche. Gesetze, genealogische Register, geistliche Schriften sind sonach die ersten Erzeugnisse der isländischen und norwegischen Literatur. Die Hafliða - skrá (s. Ibk. k. 10) datirt vom Jahre 1117; Are schreibt seine Islendingabók in den Jahren 1122—1133; Saga's mögen zuerst gegen Ende des 12. Jahrhund. verfasst und geschrieben worden sein; die Aufzeichnung von bis dahin lediglich in mündlicher Überlieferung bewahrten Gedichten erfolgte noch später.

Diese Thätigkeit erreicht nach Werth und Umfang ihren Höhepunkt auf Island in der Mitte des 13. Jahrhund., in Norwegen gegen das Ende derselben; die vorzüglichsten isländischen Sagawerke werden 1220—1260 verfasst. Die Entstehung des bei weitem grössten Theils der Gedichte, deren keines jedoch vor dem Ende des 12. Jahrhund. und zwar lediglich von den Isländern aufgezeichnet wurde, reicht in frühere Jahrhunderte zurück; einzelne Lieder der Sæm.-Edda weist man bereits dem 9. Jahrhund. zu, die classische Zeit der Skaldendichtung gehört 'dem 10. und 11. Jahrhundert an.

Ein völliges Aufhören literarischer Production hat auf Island nie stattgefunden; sie wird aber in Folge der verlornen staatlichen Freiheit und der wiederholten verheerenden Krankheiten während des 14. und 15. Jahrhund. eine andere und geringere, es bleiben zwar die alten Formen in Dichtung wie in der prosaischen Erzählung, doch die Bearbeitung nationaler Stoffe hört auf und wendet sich fremden zu, an die Stelle neuer Schöpfungen tritt Abschreiben und Bearbeitung der älteren, statt der historischen Saga schreibt man Annalen, statt der Skaldengedichte dichtet man geistliche Lieder und rímur; erst nach der Reformation (1550) wird jene Production wieder fruchtbarer, doch in neuen Formen. In Norwegen hat die alte Literatur nach dem Beginn des 14. Jahrhund. ihr Ende erreicht.

Der Antheil, den Isländer und Norweger an der gemeinsamen Literatur haben, ist nach Umfang wie Bedeutung ein
sehr ungleicher; der norwegische beschränkt sich in der
Dichtung auf eine Anzahl Eddalieder und einige der älteren
Skaldengedichte, in der Prosa auf Gesetzbücher, Homilien,
das Speculum regale und das Anecdoton, ausserdem auf eine
Reihe Übersetzungen und Bearbeitungen fremdländischer
Romane; der gesammte übrige, an Gedichten wie Prosawerken um vieles reichere und mannichfaltigere Bestand der
alten Literatur, vor allem der historische, ist isländisch.

Die Handschriften, in denen uns diese Literatur überliefert ist, sind ausschliesslich auf Island oder in Norwegen
geschrieben, die älteren, wenn auch zum Theil von schrift-
kundigen Laien, doch wohl vorwiegend in den dortigen Klö-
stern. Es sind theils Pergament-, theils Papierhandschriften; die Membranen gehören dem 13., 14., 15., auch 16.
Jahrhund. an, nur einige wenige bereits dem Ende des
12. Jahrhunderts; die Papierhandschriften reichen bei der
begreiflichen Beschränkung des Buchdrucks auf Island, vom
15. Jahrhund. bis in das unsrige herab. Ihre Schrift ist
durchgehends die lateinische; in der Form ihrer Buchstaben,
ihrer Abbreviaturen, auch der Verzierungen, die sie hin
und wieder schmücken, stimmt sie im Allgemeinen zwar mit
der lateinischen des ausgehenden Mittelalters überein, zeigt
aber mindestens in den Handschriften des 12. und 13. Jahrhund. ein unverkennbar angelsächsisches Gepräge, das sich
allmählich zu einem den isländischen und norwegischen Handschriften eigenthümlich - nordischen gestaltete.

Trotz der mannichfachen Verluste durch Fahrlässigkeit,
durch absichtliche Zerstörung der Handschrift und Verwendung ihres Pergaments zu Einbänden u. dergl., namentlich

aber durch die grossen Brände in Kopenhagen (besonders 1728) ist der Bestand der isländischen und norwegischen Handschriften noch immer ein sehr ansehnlicher.

Die bedeutendsten Sammlungen derselben finden sich in den öffentlichen Bibliotheken zu Kopenhagen, ausserdem zu Stockholm und Upsala, auch zu Christiania. Die sowohl nach Umfang als Gehalt wichtigste Sammlung isländischer und norwegischer Handschriften ist die von dem Isländer Arne Magnússon angelegte und der Universitätsbibliothek in Kopenhagen vermachte ('codices Arna-Magnæani', bezeichnet nach Nummer und Format); die 'grosse königliche Bibliothek' daselbst besitzt eine Anzahl der werthvollsten isländischen Handschriften (die sogenannten 'codices regii', z. B. 2365: Sæm.-Edda, 2367: Snorra-Edda, 1157: Grágás, 1005: die Flateyjarbók); fast dasselbe gilt von der königlichen Bibliothek zu Stockholm (z. B. 15, qv.: die ältesten Homilien, einige alte Saga-Handschriften, z. B. die Bergsbók u. a.); wenig von Bedeutung besitzt die Universitätsbibliothek zu Upsala (z. B. Snorra-Edda, Ólafs s. Tryggv.), noch weniger die zu Christiania. Ausser diesen nordischen Bibliotheken enthalten die Bodleiana zu Oxford, das brittische Museum zu London, die herzogliche Bibliothek zu Wolfenbüttel einige isländische Handschriften; die letztgenannte besitzt zwei isländische Membranen, eine Saga-Handschrift aus der Mitte des 14. Jahrhund. (s. Eyrb. 1864 p. XXIII bis XXIV) und eine Sammlung von rímur (s. Sæm.-Edda, Leipzig 1860 p. IX).

Was uns in diesen Handschriften von Werken der altisländischen und altnorwegischen Literatur überliefert worden, ist mit wenig Ausnahmen bereits seit Jahren durch den Druck veröffentlicht. In der früheren Zeit war bei der Wahl

des herauszugebenden Werkes und bei der Herausgabe selbst
die Rücksicht auf seinen Inhalt die allein maassgebende und
was nur von dieser Seite das Interesse des Lesers beanspru-
chen kann, ist schon sehr früh und zum Theil wiederholt
herausgegeben worden. Erst neuerdings seit dem Aufblühen
einer historisch-comparativen Sprachwissenschaft erwachte
neben dem Interesse für den Inhalt auch ein solches für die
sprachliche Form der überlieferten Werke. Von der Erkennt-
niss geleitet, dass je älter, bez. ursprünglicher die Form der
betreffenden Sprache, sie auch um so lehrreicher für die
Beurtheilung ihrer Entwicklung und ihres Verhältnisses zu
andern Sprachen sei, hat man sich der Herausgabe isländischer und norwegischer Werke und Handschriften zugewen-
det, die entweder bisher mit alleiniger Rücksicht auf ihren
Inhalt benutzt oder wegen ihres für uns bedeutungslosen
Inhaltes noch gar nicht untersucht und herausgegeben, gleichwohl durch das Alter ihrer Überlieferung und somit ihrer
sprachlichen Form als besonders werthvoll gelten dürfen.
Es sind diess einerseits Urkunden, wie z. B. Reykjaholts máldagi, Gesetzbücher, wie die Grágás (cod. reg.), Sagahand-
schriften, wie Morkinskinna u. a., andrerseits und zwar vorzugsweise eine Reihe theologischer oder durch die Kirche
hervorgerufener Werke, die wie in den übrigen german.
Literaturen, so auch in der isländischen und norwegischen
am Anfange der literarischen Production stehen, so namentlich Homilien, Legenden, Mirakelbücher, zum Theil Übersetzungen und Bearbeitungen noch vorhandener lateinischer
Originale, während wiederum gerade das, was den alleinigen
oder doch einen sehr reichen Bestand der gothischen, alt-
hochdeutschen, angelsächsischen Sprachdenkmäler bildet, nämlich Übersetzungen der heiligen Schrift, Glossen, Interlinear-

versionen, durch einen wunderbaren Zufall auf dem Gebiete
der altnordischen Sprache uns auch nicht einmal fragmentarisch erhalten geblieben. Mehrere jener theologischen
Werke und ihrer sehr alten Handschriften sind aufgeführt
und benutzt in Konr. Gíslason's Schrift: um frumparta; einige
von ihnen sind bereits seitdem herausgegeben, andere, wie
vor Allem der Stockholmer Homiliencodex, die codd. AM.
237 fol., 239 fol., 623 qv., 677 qv. und viele andere harren noch ihrer Veröffentlichung und versprechen in sprachlicher Beziehung reiche Ausbeute.

VII.

Beim Drucke und der Herausgabe der altnordischen
Werke ist seit längerer Zeit, sofern es sich nicht um Texteskritik, sondern um die hiervon völlig unberührte Schriftund Sprachform, bez. Lautform handelt, ein zweifaches Verfahren beobachtet worden.

Es stehen sich einander gegenüber: die bloss graphische und die zugleich orthographische Wiedergabe der
handschriftlichen Überlieferung, obwohl die eine mit der
andern durch mancherlei Zwischenstufen vermittelt.

Die graphische Wiedergabe besteht in Überführung
der handschriftlichen Schriftform in die des Buchdrucks; sie
geschieht durch Anwendung der gleichmässigen Typen statt
der variirenden handschriftlichen Buchstabenformen, durch
Trennung und Verbindung des in der Handschrift ungehörig
Verbundenen, bez. Getrennten, durch Auflösung der Abbreviaturen u. s. w. Dagegen ändert sie nichts, was ausserhalb
des Graphischen liegt, dessen Grenze sie wohl hier und da
zu leichterer Lectüre erweitert (z. B. durch Interpunction,
durch Anwendung von Majuskeln bei Eigennamen und beim

Beginne des Satzes), während sie diese in allen den Fällen wiederum verengt, wo es entweder entschiedene Eigenthümlichkeit des graphischen Ausdruckes oder aber ein Zweifel an dem nur graphischen Werthe dieser oder jener Bezeichnung empfehlen (z. B. durch Beibehaltung gewisser Buchstabenformen, mancher Abbreviaturen, der handschriftlichen Verbindung oder Theilung der Worte u. s. w.).

Diese Art der Wiedergabe trifft selbstverständlich je nur eine, sei es durch ihr hohes Alter oder in anderer Weise wichtige Handschrift; sie bezweckt die Benutzung der betreffenden Handschrift einerseits dem vom Orte ihrer Aufbewahrung Entfernten zu ermöglichen, andrerseits dem im Lesen von Handschriften noch Ungeübten zu erleichtern. Namentlich bei alten und deshalb in sprachlicher Hinsicht werthvollen Handschriften beschränkt man sich auf strenggraphische Wiedergabe und sucht durch sie die Eigenthümlichkeiten und Schwankungen ihrer Lautbezeichnung um so reiner und um so deutlicher wieder zu geben.

Beispiele und zugleich Muster solcher rein-graphischen Wiedergabe einzelner Handschriften sind die von Jón Sigurdsson im Diplomat. Island. (z. B. máldagi Reykjaholts kirkju, DI. I, 466 — 480 u. v. a.), verschiedene Ausgaben von K. Unger (Strengleikar 1850, Ólafs s. helga 1849 und 1853, Norsk Homiliebog 1864, Flateyjarbók 1860 — 1868, Morkinskinna 1867, Fríssbók 1871), von Gudbr. Vigfússon (Thorlak's Mirakelbuch in Bp. I, 332 — 56. 1858), von Jón Þorkelsson (Fragment der Hauksbók 1865), von Soph. Bugge (cod. reg. u. AM. der Sæm.-Edda). Die graphischen Ausgaben Konr. Gíslason's begnügen sich nur zum Theil mit den üblichen Typen, während sie für gewisse Buchstaben und Abkürzungen eigens nachgebildete benutzen und dadurch mehr als facsimilirende Drucke zu betrachten sind; so z. B. die mehrfachen Handschriften-excerpte in der Vorrede seiner Frumpartar (Kpmh. 1846), ferner die vísur in mehreren von ihm herausgegebenen (sonst normalisirten) Íslendinga sögur, auch seine Ausgaben des Elucidarius in AM. 675, 4⁰, in AM. 238 und in AM. 239, fol. (in AnO. 1858, 98 — 172), während die Ausgabe des ältesten Elucidarius in AM. 674 A, 4⁰ (AnO 1858, 51—81) sich auf die üblichen Typen beschränkt und sich dem Verfahren der obigen Herausgeber anschliesst.

Anm. Eine noch getreuere Wiedergabe der Handschrift als die graphische ist die 'Facsimilirung.' Während jene durch die entsprechenden Typen nur das Wesentliche der handschriftlichen Buchstaben wiedergiebt, bringt die Facsimilirung auch das Zufällige und Individuelle derselben an den verschiedenen Stellen ihres Vorkommens zur Darstellung. Sie soll lediglich den graphischen Charakter der betreffenden Handschrift veranschaulichen und beschränkt sich daher in der Regel auf einzelne, grössere oder kleinere Proben.

Facsimilirung isländischer und norwegischer Handschriften geschah Anfangs durch Kupferstich (zuerst 1775 in der Gunnlaugs s. AM.), später und um vieles vollkommener durch Lithographie (zuerst 1837 in den Antiqu. Americ., dann in den Islendinga sögur 1843 — 47, namentlich aber in den Antiqu. Russ. 1850 — 52); neuerdings hat man Photolithographie angewendet und in dieser Weise den ältesten Elucidarius (AM. 674, 4⁰) vollständig herausgegeben (Köbh. 1869, vgl. Aarbøg. f. nord. Oldk. 1870, 262 — 268).

Die orthographische Wiedergabe hat die graphische zur Voraussetzung; was aber jene reproducirt ist nicht, wie bei dieser, die Lautform der jeweiligen Handschrift, sondern die Lautform der Zeit, der sei es das Original oder die Abschrift angehört. Wie aber diese Lautform damals für den Redenden und Hörenden eine gleichmässige und in sich übereinstimmende war, ebenso soll sie auch jetzt für den Lesenden als eine solche dargestellt werden. Indem sie nach einmal getroffener Entscheidung über den richtigen Ausdruck des Lautes diesen auch gleichmässig durch dieselben Lautzeichen wiedergiebt, ist solche Wiedergabe nicht mehr eine bloss graphische, sondern auch eine orthographische.

Orthographie im heutigen Sinne, sofern sie namentlich die Gleichmässigkeit der Lautbezeichnung betrifft, ist den alten Handschriften, selbst den sorgfältigst geschriebenen, durchaus fremd; dasselbe Wort wird häufig in derselben Zeile verschieden geschrieben. Die orthographische Herstellung des handschriftlichen Textes macht ihn den Ansprüchen gerecht, die wir an einen in heutiger Sprache geschriebenen oder gedruckten Text zu stellen gewohnt sind und giebt ihm sonach eine Form, die ihm ursprünglich fremd und die er niemals gehabt, noch haben konnte.

Die Richtigkeit der Lautbezeichnung ist eine relative; diejenige hat als die richtige zu gelten, welche die Aussprache der Entstehungszeit des betreffenden Werkes darstellt.

Wo die handschriftliche Überlieferung dem Werke gleichzeitig ist, wird sonach jene maassgebend sein; für die bei weitem zahlreicheren Fälle jedoch, dass die Handschriften einer viel späteren Zeit angehören, bedarf die Lautform der letztern einer Rückführung auf die des Werkes. Denn be

aller Festigkeit, welche die Lautform der altnordischen Sprache auf Island nach einer vorausgehenden Zeit des Schwan-
kens und der Gährung während des 13. und 14. Jahrhund.
erlangt hatte, erfuhr sie gleichwohl im Laufe der spätern
Jahrhunderte mancherlei Änderungen, die in den Handschriften, d. i. Abschriften aus dieser Zeit in demselben Grade zu
Tage treten, als ihre Schreiber sich nichts weniger als genau
an die Lautform des Originals hielten, sondern sie in die
ihrer Zeit veränderten.

Indem nun die Hauptwerke der altnord. Literatur ihre
Entstehung dem 13. oder 14. Jahrhund. verdanken oder,
wenn sie früher entstanden sind, jedenfalls ihre Aufzeichnung
und schriftliche Redaction erst während dieser Zeit erhalten
haben, sind uns doch sehr viele derselben entweder nur in
späteren Abschriften überliefert oder, wenn auch in älteren,
doch für das betreffende Werk in mehreren zugleich, von
denen keine rücksichtlich ihrer Lautform entschiedenen und
deshalb maassgebenden Vorzug vor den übrigen behauptet.
Hierdurch entstand denn für die Herausgabe, bez. orthographische Reconstruction solcher Werke das Bedürfniss einer
bestimmten und festgeregelten altnord. Orthographie; sie
sollte nicht nur im Allgemeinen die altnord. Lautform des
13. und 14. Jahrhund. darstellen, sondern auch im Besondern die Schwankungen, wie sie sich innerhalb der diesen
Jahrhunderten selber angehörigen Handschriften vielfach finden, nach bestimmten Kriterien regeln und zugleich auch
bei Anführung von altnord. Wörtern in Grammatik und Wörterbuch, in Lesebüchern u. s. w. ihre Anwendung finden.

Diese 'Normalorthographie' des Altnordischen,
deren man sich jetzt zu den angegebenen Zwecken bedient,
ist etwa 50 Jahre alt, hat aber während dieser Zeit manche

Wandlung erfahren, ohne dass sie auch jetzt schon als eine endgiltige betrachtet werden dürfte.

Zweierlei, gewissermassen entgegengesetzte Richtungen machten sich hierbei geltend, die Rasks und der Isländer und die Jacob Grimms.

Das Kriterium, nach welchem entweder zwischen je zwei oder mehreren Lautformen gewählt oder aber die überlieferte geändert wurde, war bei Rask und den Isländern vorwiegend ein phonetisches, nämlich: die heutige Aussprache des Isländischen; bei Jac. Grimm dagegen ausschliesslich das historisch-comparative, nämlich: Abstammung und Verwandtschaft mit den übrigen germanischen Sprachen. Die Raskische Form strebte vorwärts der heutigen Sprache zu, die Jac. Grimm'sche rückwärts und schuf dabei zum Theil vornordische oder wohl auch ganz unnordische Formen (z. B. *hêstr*, weil ags. *hengest; þær*, weil goth. *þôs* u. s. w.); jenen leitete die Rücksicht auf den heutigen isländischen Leser, diesen die auf den vergleichenden Sprachforscher.

Jac. Grimms altnordische Orthographie, so weit sie ihm eigenthümlich und nicht dem Wörterbuche des Björn Haldórsson entnommen ist, tritt nur in seinen grammatischen und antiquarischen Schriften und in den Büchern deutscher Gelehrten zu Tage, die sich ihm in dieser Beziehung anschliessen. Eine um so ausgedehntere Anwendung hat die Rask-Isländische Orthographie in allen altnordischen Texten (Fms, Fas, Isl., Antiqq. Amer. Grönl. Russ.) und in den auf altnord. Sprache bezüglichen Schriften gefunden, die von Rask selbst oder von dänischen und isländischen Gelehrten bis in die Vierziger Jahre herausgegeben worden. Charakteristisch für die letztere ist z. B. *æ* statt *œ*, die langen Vocale vor ng, *vâ* (oder *vo*) für *vá, è* für *é* und andere

Isländismen, während für Jac. Grimm namentlich Zweies: die Bezeichnung der langen Vocale durch Circumflex (ˆ) statt durch Acut (´) und die durchgehends vocalische Schreibung des *i* in *ia, iö, io, iu* statt *ja (ja), jö, jó, jú* (s. Pfeifer's Germ. IX, 349 — 52).

Seit den Vierzigern erhielt die Rask-Isländische Orthographie eine in mehrfacher Beziehung wesentliche Modification durch norwegische Gelehrte: durch P. A. Munch im Verein mit R. Keyser und C. Unger. Sie bestand vorzugsweise in einer Verwerthung der Ergebnisse, die man während der vorausgehenden Zeit theils aus der historisch-comparativen Grammatik (J. Grimm), theils aus der eingehenderen Prüfung der älteren Handschriften (K. Gíslason), theils endlich aus der wissenschaftlichen Untersuchung der norwegischen Mundarten (Iv. Aasen) gewonnen hatte. Diese Munch-Norwegische Orthographie unterscheidet sich von der Rask-Isländischen hauptsächlich durch Vermeidung aller Islandismen; nähert sich der Jac. Grimm'schen durch strengere Wahrung der Etymologie, strebt aber vor Allem in etymologischer wie phonetischer Beziehung der handschriftlichen Überlieferung des 13. und 14. Jahrhund. gerecht zu werden.

Sie ist angewendet in allen 'normalisirten' Texten, die von den Genannten, namentlich C. Unger, herausgegeben worden, z. B. Fagrskinna, Speculum regale, Oldnorsk Læsebog, Heimskringla, Karlamagnús-saga. Weitere wenn auch nicht unbedingte Anwendung und Einführung in die Ausgaben altnordischer Texte ist ihr auch bei isländischen Gelehrten zu Theil geworden, so namentlich in mehreren Texten der Nordisk Oldskriftselskab und in den Ausgaben Jón Þorkelsson's (Egils saga, Laxdæla saga, sex söguþættir).

Eine eigenthümliche Stellung behaupten K. Gíslason's '44 Prøver' (Kjöbenh. 1860); sie bieten durchgängig normalisirte Texte, unterscheiden sich aber von andern dieser Art dadurch, dass sie wo es galt die Lautform entweder einer einzelnen Handschrift oder eines bestimmten Zeitraumes zu normalisiren, diess mit Beibehaltung der hier wie dort hervortretenden Besonderheiten thuen und auf diese Weise eine sprachhistorische 'Skala' von der ältesten Zeit (Völuspá) bis in das 15. Jahrhundert darzustellen suchen.

Anhang.
Altnordische Grammatiken und Wörterbücher
1856 — 1871
s. meinen Catalog (Lipsiae 1856) p. 20—26.

I. Grammatiken.

(R. Kr. Rask.)

Rask, R. Kr., Kortfatt. Vejledning. (Catal. p. 22) 4. Opl. Kjöbh. 1861. 80 ss.

Iversen, C., Kortfatt. islandsk Formlære for de første Begyndere (Progr.) Haderslev 1861. 41 ss.

> Þorkelsson, Jón. Nogle Bemærkninger om C. Iversens isl. Formlære. Reykjavík 1862 (Progr. s. 53—71).

— Oldnordisk Læsebog. Kjöbh. 1867. 160 ss.

Bayldon, Geo. An Elementary Grammar of the Old-Norse or Icelandic Language. London 1870. XI, 117 ss.

(Jac. Grimm.)

Dietrich, Frz. Altnord. Lesebuch. (1843.) 2. Aufl. Leipz. 1864. LXXXVIII, 618 ss.

Lüning, H., Grundriss der altnord. laut- und flexionslehre 1859 in: Die Edda — herausgeg. von H. L. (Zürich 1859). s. 89 — 135.

Pfeiffer, Fr., Altnord. Lesebuch. Text. Grammatik. Wörterbuch. Leipz. 1860. VI, 366 ss.

Ettmüller, Ludw., Altnord. Lesebuch nebst kurzgefasster Formenlehre u. Wörterb. Zürich 1861, 27 u. 123 ss. 4.

Heyne, Mor., Kurze Gramm. der altgerman. Sprachstämme. 1. Laut- u. Flexionslehre. Paderborn 1862. VIII, 342; — 2. verb. Aufl. Ebd. 1870. X, 354 ss.

Holtzmann, Ad., Altdeutsche Grammatik, umfass. die goth., altnord., altsächs., angelsächs. und althochdeutsche Sprache. I, 1: die specielle Lautlehre. Leipzig 1870. XVII, 349 ss. (altnord. Lautl. s. 53 — 134.)

(P. A. Munch und C. Unger.)

Unger, C., Oldnorsk Læsebog med tilhör. Glossar. (1. Udg. ved Munch og U. 1847) 2. Udg. Christiania 1863. IV, 207 ss.

(Riddervold, ..), Oldnorsk Grammat. (s. tit., l. et a.) Chra 1859, 24 ss.

Aars, J., Oldnorsk Formlære for Begyndere (udgiv. af det norske Oldskriftselskab). Kristiania 1862. IV, 94 ss.

Hierzu als altnorw. Lesebuch: Gunnlaugs saga ormstungu, med forklar. Anmærkninger og Ordsamling ved O. Rygh (udgiv. af d. n. Oldskr.) Ebd. 1862. IV, 120 ss.

Nygaard, M., Oldnorsk Grammatik til Skolebrug. Bergen 1871. (IV), 82 ss.

—, Kortfatt. Fremstilling af den oldnorske Formlære. Bergen 1871. (III), 23 ss.

[Rydquist, Joh. Er., Svenska språkets lagar. Bd. I — IV. Stockh. 1850 — 1870; s. unten s. 55.]

Gíslason, Konr., Oldnordisk Formlære. 1. Hefte. Kjöbenh.
1858. (IV), 96 ss.

> Ausser den unten besonders aufgeführten grammat. Abhandll.
> von K. G. finden sich von der Hand desselben Verfassers noch
> verschiedene andere Beiträge zur altnord. Gramm. u. Lex. in:
> *AnO* (1860. 1862), *Aarb.* (1866 — 71), *Tidskr.* (VI), so wie
> in seinen Ausgaben der *Droplaugarsona saga* (1847), *Gisla*
> *sögur* (1849), *Elucidarius* (1858).

(Jessen, Edvin), Undervisning i oldnordisk for begyndere
ved Blågård. Københ. 1865. 48 ss. (s. meine Dän.
Formenlehre s. 130).

Vigfússon, Guðbr., Outlines of grammar. 1869 in: An
Iceland.-English Dictionary .. by R. Cleasby & G. Vigfusson. (s. unten) p. XV — XXXVI.

> Von demselben Vf. eine isländ. geschriebene Abhandl.: um
> stafrof og hneigíngar (Lautl. u. Flexion.) 1857 in: Ný félags-
> rit. XVII, bls. 117 — 166.

Wimmer, Ludv. F. A., Oldnordisk formlære til brug ved
undervisning og selvstudium. Københ. 1870. X, 134 ss.

—, — ins Deutsche übers. u. d. Tit.: Altnordische Grammatik von Dr. L. F. A. Wimmer, aus dem Dän. übers. von
Dr. E. Sievers. Halle 1871. VIII, 160 ss.

—, Oldnordisk læsebog med tilhør. ordsamling. Københ.
1870. VII, 219 ss.

Abhandlungen
zur altnordischen Lautlehre, Flexion, Syntax.

Lyngby, Kr. J., Den oldnordiske udtale, oplyst ved den
ældste afhandling om retskrivningen i Snorra-Edda. 1861
in: Tidsskr. for Philol. II, 289 — 321.

> NB. Eine deutsche Übersetzung sowohl dieser ältesten orthogr.
> Abhandl. (SE. II, 10 — 64), als auch eines Theils aus der spä-
> teren (SE. II, 48 — 54) hat Ad. Holtzmann seiner 'Alt-
> nord. Lautlehre' vorausgeschickt (s. des Verfassers Altdeutsche
> Gramm. I, 1, s. 55 — 64 und 65 — 66). s. auch AnO 1863,
> 400 — 407.

Gíslason, Konr., IA eller JA i Oldislandsk 1863 in: Annal. f. nord. Oldk. 1863, 394 — 414.

Dietrich, Frz., Die Aussprache der Brechungen und der übrigen mit i beginnenden Diphthonge, oder der Laute ia, io, iu im Altnordischen. 1867. in: Pfeifer's Germania XII, 385 — 418.

Blomberg, C. J., Bidrag till den germaniska omljudsläran med hufvudsakligt afseende på Forn-Norskan. Academ. afhandl. Upsala 1865. 74 ss.

Gíslason, Konr., Forandringer af 'Quantitet' i Oldnordisk-Islandsk. 1866 — in: Aarbög. f. nord. Oldk. 1866, 242 — 305.

þorkelsson, Jón, Um r og ur í niðrlagi orða og orð-stofna í íslenzku. Reykjavík 1863. 32 ss.

Lyngby, Kr. J., De oldnordiske navneords böjning 1865 — in: Tidsskr. f. Philol. VI, 20 — 53; dazu:

Gíslason, Konr., De oldnordiske Navneords Böining, nogle Bemærkninger. 1865 — in: Tidskr. f. Philol. VI, 236— 258 (separ. 1 — 23).

Gíslason, Konr., Om de reduplicerede Datider i Oldislandsk (ob hélt oder helt, gékk oder gekk usw.) 1860 — in: Annal. for nord. Oldk. 1860, 327 — 330.

Lund, G. F. V., Oldnordisk ordföjningslære (Nord. Oldskrifter XXIX—XXXI). Københ. 1862. XX, 528 ss.

Vigfusson, Guðbr., Some Remarks upon the Use of the reflexive Pronoun in Icelandic 1865 in: Transactions of the philol. Society 1865, I, p. 80 — 103.

Wisén, Th., Om ordfogningen i den äldre Eddan. Lund 1865, 83 ss. 4.

Nygaard, M., Edda-sprogets syntax. I. II. Bergen 1865—
1867, 103 u. 67 ss. Vgl. desselb. Vfs. Oldnorsk Gramm.
(1871), s. 58 — 77.

Hildebrand, K., Über die Conditionalsätze und ihre Con-
junctionen in der ältern Edda. Leipzig 1871. 62 ss.

II. Wörterbücher.

Vgl.: drei Artikel von K. Maurer 'über altnordische Wörter-
bücher', 1. (1863) im Anzeig. f. Kunde d. deutschen Vorzeit
1863, nr. 12. — 2. (1867) in Pfeifers Germania XII, 236—
240. — 3. (1870) in der Augsb. Allgemein. Zeit. (über Cleasby
und Vigfusson) 1870, Beil. nr. 6. 7.

Egilsson, Svbj., Lexicon poeticum antiquae linguae septentrionalis. Hafniae (1854—) 1860. LII, 934 pp.

Clavis poëtica antiquae linguae septentrionalis quam e lexico
poëtico Svbj. Egilssonii colleg. et in ordinem redegit Bened.
Gröndal (Egilsson). Hafniae 1863. XIV, 306 pp.

Jonsson, Erik, Oldnordisk Ordbog ved det kong. nord.
Oldskriftselsk. Kjöbenhavn 1863. XLVIII, 808 ss.

Möbius, Th., Altnordisches Glossar. Wörterbuch zu einer
Auswahl altisl. und altnorweg. Prosatexte. Leipzig 1866.
XII, 532 ss.

Fritzner, Joh., Ordbog over det gamle norske Sprog.
Kristiania (1862—) 1867. X, 874 ss.

Cleasby, Rich. — Gudbr. Vigfusson. An Icelandic -
English Dictionary, chiefly founded on the Collections made
from prose works of the 12 — 14. centuries by the late
R. Cl., enlarged and completed by G. Vigf. Oxford, Cla-
rendon Press. 4. Part. I. 1869, XXXVI, p. 1 — 240
(a — hastr), II. 1870, p. 241 -- 496 (hata — rið).

Anmerkungen.

Zu I.

Das Beste und Vollständigste rücksichtlich der von nordischen Gelehrten vielfach behandelten Frage über die Namen der altnordischen Sprache (s. K. Maurers Abhandlung über 'Altnord.' Anm. 72) giebt Jón Sigurðsson in seiner Vorrede zu Svbj. Egilsson's lex. poet. (1860), p. XIX—XXXII (und in der Vorrede zu Erik Jonsson's Oldnord. Ordbog (1863), s. XIX—XXXVI.)

U. d. T. 'Über die Ausdrücke: altnordische, altnorwegische und isländische Sprache' hat Konr. Maurer eine sehr ausführliche Schrift in den Abhandlungen der k. bayer. Akad. der Wiss. (1. Cl., XI. Bd., 2. Abth.) München 1867 veröffentlicht (232 ss., Abh. s. 3—50 und Anmerkk. s. 51—232). Diese wichtige Abhandlung, auf die wir fast auf jedem der vorausgehenden Blätter zu verweisen hätten, enthält bei weitem mehr, als der Titel vermuthen lässt; indem sie zwar alle drei der gen. Ausdrücke einer Kritik unterwirft und hierbei zugleich für die Sprache des norweg. Stammes den Ausdruck 'nordisch (bez. alt-, mittel-, neu-n.)' in Vorschlag bringt (S. 3—6 und 48—53), ist sie doch ihrem überwiegenden Hauptbestande nach gegen den einen 'altnorweg. Spr.' gerichtet, dessen Unhaltbarkeit sie theils aus der hervorragenden Bedeutung Islands für die gesammte Literatur (6—37), theils aus dem verschiedenen Verlaufe der Sprache in Norwegen und in seinen Colonien (S. 37—44) zu erweisen sucht; findet sie besonders rücksichtl. des ersteren Punktes auch vielfache Ergänzung in des Verfassers ausführlicher Besprechung von Rud. Keyser's altnorweg. Literaturgeschichte (Zeitschr. f. deutsche Philol. I [1869], 22—88), enthält sie doch ausserdem in ihren reichen Anmerkungen eine Reihe der eingehendsten Untersuchungen quellenkritischen Inhalts über die Noregs konunga sögur oder die auf norweg. Geschichte bezüglichen Saga's der Isländer, so namentlich über die Heimskringla und ihre Entstehung.

Zu II.

Über die Stellung des Altnord. innerhalb der übrigen german. Sprachen s. J. Grimm an den betreffenden Stellen seiner Grammatik und zuletzt in seiner Gesch. d. deutschen Spr. (1848) S. 753—759. 1034—35; über die 2. sg. praet. -t S. 485 und 487, vgl. Schleicher, die deutsche Spr. (1860) S. 94; über zwei der syntact. Eigenthümlichkeiten (*vit Sig.* und *af þinum hundi*) s. J. Grimm 'über den Personenwechsel in der Rede' (1855), in den Kl. Schr. III, 256 ff. und 271 ff.

Zu Seite 7 (negat. Suff. -a oder -at).

J. Grimm (Gramm. III, 718) findet den Ursprung von negat. -at (-a) in: *vátt* oder *vætt*, Kr. J. Lyngby (Tidsskr. f. Philol. VI, 23 Anm. 3.) in goth. (*ni-*)*aiv* (= altn. -a) und (*ni-*)*aiv vaiht* (= altn. -at), wogegen S. Bugge (bei Nygaard, Edda sprog. synt. II (1867), 55*) mit Recht einwendet, dass ausser der selbst für Enclitica zu starken Schwächung des Lautstoffes -a und -at etymologisch von einander getrennt werden. Kaum möchte diess Bedenken der neuerdings von Guðbr. Vigfússon (Icel.-Engl. Diction. XXVIII[b]) gegebenen Erklärung entgegen stehen, indem er unter Hinweis auf den auch sonst vorkommenden Wechsel zwischen positiver (indefiniter) und negativer Bedeutung mancher Partikeln, z. B. *eyvit* (etym. = aliquid): nihil und *neinn* (etym. = nullus): ullus, das altn. negative Suffix -a, -aþ (oder -at) auf das goth. positive Suffix: -*uh*, (*uh-þan*) *uþþan* zurückführt.

Auf dieselbe goth. Enclitica -*uh*, bez. auf die goth. Copula *jah* (= *já-uh*) führt Guðbr. Vigfússon (Diction. p. 465) die altnord., aus dem *auk* der Runen entstandene Copula *ok* zurück: *ok* = *auk* = (*j*)*auh* = *já-uh* (goth. *jah*); K. Gíslason dagegen (zum Elucid., in AnO 1858, 151, 1 und 111, 18) stellt *ok* und dessen sowohl diplomat. als etymol. ältere Form *auk* als völlig identisch zusammen mit der Wurzel des Verb. *auka:* augere. (vgl. GV. Dict. p. 33: *auk*). J. Grimm (Gramm. III, 272) scheidet bekanntlich *ok* und *auk*, vermuthet jedoch in *ok*, wie GV., das goth. *jah*.

Über das masc.-femin. Casus-suffix altn. *r* (goth. *s*) s. K. Gíslasons Abhandl. üb. d. sprachl. Stell. der Runen in Aarbög. 1869, 133 ff.

Neben diesem *r* (goth. *s*) zeigt sich im Altnord. ein *r* des Nominativs in zwei Fällen, in denen ihm weder im Goth. ein *s*, noch in den übrigen german. Sprachen ein *r* entspricht; nämlich

1. im Nom. plur. der st. Adjj., des Pronom., des Numer.

goth. *blindai*	und ahd.	*plintê*	— altn.	*blindir*
„ *þai*	„	„ *diê*	— „	*þeir*
„ *tvai*	„	„ *zwênê*	— „	*tveir*

2. im Nom. sing. der starken Feminina der JA-Stämme mit lan ger Silbe:

> goth. *haiþi* (*haiþja-*) und ahd. *heidi* — altn. *heiðr* (ebenso goth. *mavi* (*mauja-*), *þivi* (*þiuja-*), *aqizi* (*aqizja-*) — altn. *mær*, *þý(r)*, *øx(r)*; ausserdem altn. *byrðr, elfr, ermr, eyrr* u. a. (s. Wimmer, altn. Gramm. § 42) — sämmtlich erkennbar an dem event· Umlaute, den das auch im dsg. und asg. ($\tau\tilde{\eta}$ und $\tau\dot{\eta}\nu$ *byrði*, *elfi* usw.) als *i* erscheinende *j* des *JA* wirkt.

[dagegen nicht mit kurzer Silbe:

> goth. *sibja* und ahd. *sippa* — altn. *sif*, ebenso goth. *banja*, *halja, vinja* — altn. *ben, hel, vin*].

NB. Dem Nominativ-*s*, das im Goth. die Feminina der I- und U-Stämme aufweisen, entspricht im Altn. kein *r*, vgl. goth. *ansts* (*ansti-*) und *handus* (*handu-*) = altn. *ást* und *hönd*; eine Ausnahme bilden goth. *nauþs* (*nauþi-*), *bruþs* (*bruþi-*), *vaihts* (*vaihti-*) — altn. *nauðr, brúðr, vættr* und ebenso *Urðr*, die aber im Altn., wie der mangelnde Umlaut erweist, gleich allen übrigen I-Stämmen zu A-Stämmen geworden sind (vgl. goth. *ansts* (*ansti-*), *dêds* (*dêdi-*), *sêds* (*sêdi-*), *þaurfts* (*þaurfti-*) — altn. *ást, dáð, sáð, þurpt* u. a.).

Wenn es fraglich erscheinen kann, ob diess dem Altn. eigenthümliche *r* in *heiðr, byrðr* usw. einerseits, in *blindir, þeir, tveir* andrerseits in gleicher Weise zu beurtheilen sei, scheint doch in letzterem Falle eine durch Analogie zu erklärende Paragoge des *r* eben so wenig zweifelhaft, als in dem *sar* (= goth. *sa*, altn. *sá*) der Runen oder in dem *þessir* (= *þessi*) norwegischer Hdschr.

> vgl. Rydqu. II, 620 und IV, 327. 446 nebst den dort angeführten Auslassungen S. Bugges und L. Wimmers über *sar*.

Zu III.

Die auf das Altschwed. und Altdän. und sein Verhältniss zum Altnord. gerichteten Untersuchungen finden sich in folgenden Schriften von P. A. Munch, Rydquist, Säve, Lyngby und Wimmer.

Munch, P. A., sproghistoriske Undersögelser .. in AnO. 1846, 219—283 und 1848, 216—336 (s. meinen Catal. p. 23).

— Forn-Swenskans och Forn-Norskans Språkbygnad (altschwed. und altnorweg. Gramm.) Stockholm 1849. (Catal. p. 23).

Rydquist, S. E., Svenska språkets lagar. Bd. I—IV. (I. Conjugation 1850, II. Declination 1857—60, III. Wortregister 1863, IV. Lautlehre 1868—70), Stockholm 1850—70. — s. IV, 393.

Säve, Carl, Om språk-skiljaktigheterna i Svenska ok Isländska
fornskrifter 1861 in: Upsala-Universitets Årsskrift 1861. (Philo-
sophi etc.) 16 ss.
(Vgl. Zeitschr. f. deutsche Philol. III, 233 ff.)

Lyngby, Kr. J., Skrifter om det svenske Sprog og de svenske
Sprogarter, in: Antiqu. Tidsskr. 1858—60, 234—271 (besonders:
244—263).

Wimmer, Ludv., Bidrag til dansk sproghistorie, I.: navneordenes
böjning i ældre Dansk, oplyst af Oldnordisk og andre sprog i vor
sprogæt. Københ. 1868. VI, 128 ss.

— Den historiske sprogforskning og modersmålet (aus Aarb. 1868,
257—312). Københ. 1868, 56 ss.

Zu S. 12.

Gegenüber dieser allgemein-giltigen Ansicht einer südost-nord-
westlichen Bevölkerung der skandinav. Halbinsel (s. Grimm, GDS.
727—728) war bekanntlich von norwegischen Gelehrten eine völlig verschiedene aufgestellt worden, zuerst von Rdf. Keyser (om Nordmænd-
enes Herkomst og Folkeslægtskab 1839 in K's saml. Afhandl. Chra.
1868 s. 3—246), sodann, weiter ausgeführt und modificirt, von P. A.
Munch (Det norske Folks Historie I, 1. Chra 1851—52, vgl. Ann.
for nord. Oldk. 1846, 21 ff. 1848, 216 ff. u. ö., am bündigsten von ihm
ausgesprochen in seiner kleinen Schrift: om den saakaldte nyere historiske Skole i Norge (1853) s. 44—45; s. meinen Vortrag über die altnord. Philologie im skand. Norden (1863) s. 29—30).

Diese Ansicht hat neuerdings in Norwegen selber sehr entschiedenen Widerspruch erfahren und ist von physisch-geographischer nicht
minder als von antiquarischer Seite her mit gewichtigen Gründen bestrit-
ten worden, namentlich von:

Daa, Ludv. Kr., Have Germanerne indvandret til Skandinavien
fra nord eller fra syd? in: Hamilton's Nord. Tidsskr. 1869,
s. 173—208.

Sundt, Eilert, Helgeland den ældste norske Bygd? in: Folkeven-
nen 1864 s. 117—145.

Rygh, Ol., om den ældre Jernalder i Norge, in: Aarbög. for nord.
Oldk. og Hist. 1869. s. 149—184.

s. auch: Hildebrand, H., Ol. Hildebr. Svenska folket under hed-
natiden. Stockholm 1866 (VIII), 146 ss. (angez. von G. Waitz in
d. Gött. gel. Anz. 1866, st. 47). — 2. omarbet. och illustrer. uppl.
1872. XVI, 242 ss.

— 57 —

Zu S. 13.

Die Untersuchung der sogen. ältesten Runen und ihrer Sprache ist in den letzten Jahren von mehreren nordischen Gelehrten mit grossem Eifer betrieben worden. Ein kurzes Referat über die hierher gehörigen Arbeiten von S. Bugge in Christiania und von L. Wimmer, E. Jessen und K. Gíslason in Kopenhagen findet sich in Kuhn's Zeitschr. f. vgl. sprachf. XVIII, 153—157 und XIX, 208—215. Dem hier zuletzt besprochenen Artikel K. Gíslasons über die sprachliche Stellung der ältesten Runeninschriften ist seitdem eine Erwiderung S. Bugge's (Aarbög. 1870, 187—216), dieser widerum eine Replik K. Gíslasons (ebd. 1871, 353—372) gefolgt.

Eine neue Abhandlung von S. Bugge (Aarb. 1871, 171—226) handelt über die Runeninschriften auf Goldbrakteaten.

Zu L. Wimmer's Arbeiten über die Runensprache gehört ausser den bereits in Kuhns Zeitschrift angeführten seine Abhandlung über historische Sprachforschung (Aarb. 1868, 257—312), worin er u. A. (s. 298*) auch in der Sprache der jüngern Runen thematische Vocale nachzuweisen gesucht, in *sun U* (später *sun, son:* filium) und in *su- triku* (*-trigg U* oder *-trigg VA*).

Zu S. 14.

Nachdem unser, um das Altnordische vielfach verdienter Landsmann Frz. Dietrich in Marburg (1851) zuerst auf die Erkenntnissquelle hingewiesen, die wir in der lappischen und finnischen Sprache für das älteste Nordisch besitzen, hat neuerdings ein dänischer Gelehrter, Vilh. Thomsen in Kopenhagen, freilich auf Grund eines viel umfänglicheren und zuverlässigeren Materials, diesen Gegenstand auf das eingehendste behandelt in der an interessanten Resultaten reichen Schrift: Den gotiske sprogklasses indflydelse på den finske, en sproghistorisk undersøgelse. Københ. 1869, 170 ss., ins Deutsche übersetzt von E. Sivers u. d. T.: Über den Einfluss der german. Sprachen auf die finnisch-lappischen. Halle 1870, 188 ss.

Zu S. 18.

Zusammenstellung der Norvagismen in den norweg. Handschriften enthält fast jede Vorrede in den neueren Ausgaben norwegischer Werke, so namentlich in der legendar. Olafs saga (1849), der Barlaams saga (1851), der Diðreks saga (1853), den Strengleikar (1850), den Homilien in AM. 619 qv. (1864) u. a.; Norvagismen in isländ. Handschriften bespricht Guðbr. Vigfússon in seiner Vorrede zur Eyrbyggja (1864) p. XXXV—XXXVIII, Jón Þorkelsson in der Vorrede zum Fragm. der Hauksbók (1865) p. XVII ff. S. auch K. Maurer, Altnord. s. 46 und Anm. 67 auf s. 229.

Zu S. 19—20.

Den aufgeführten Archaismen — denen sich etwa noch *gl-*, *gn-* (z. B. *glíkr, gnógr* statt des späteren *líkr, nógr*) und *-aþ, -iþ, -uþ* in den Endungen (statt des späteren *-at, -it, -ut*) beifügen liesse — begegnet man entweder nur oder doch vorzugsweise in so alten Überlieferungen wie in den beiden Homilienbüchern, Holm. 15 qv. und AM. 619 qv., in Reykjaholts máldagi, Elucidarius, þorláks jarteinabók, Grágás usw. Sehr belehrend für die Kenntniss derselben ist der Abschnitt über die Sprache der Grágás bei Maurer ('Graagaas' in der Hall. Encyclop.) s. 65—70ᵃ, ferner die Vergleichung der Orthographie des cod. Reg. und des cod. AM. der Sæm. Edda in S. Bugges Vorrede p. XX ff. LXXI ff., vor Allem aber Guðbr. Vigfussons Vorrede zur Eyrb. und die einzelnen Artikel über die betreffenden Buchstaben im Icel.-engl. Dict.

Zu S. 19.

Nr. 1. Unterscheidung von *ę* (*æ*) und *e* im Stamme (bereits von J. Grimm, Gramm. I³, 427 vermuthet, cf. K. Gíslason, frmp. 37, nr. 18), s. Guðbr. Vigfússon, Icel-Engl. Dict. p. 114ᵃ.

Nr. 2. Unterscheidung von *ö* und *ø,* zuerst von Kr. J. Lyngby nachgewiesen in: den oldnord. udtale (Tidsskr. f. Philol. II (1861), 289—321) s. 304—306; vgl. C. Unger in der Vorr. zur Heimskr. XXI—XXII.

  NB. Das Zeichen *ö* ist den Handschriften durchaus fremd und erst seit dem 16. Jahrhund., wohl aus deutschen Drucken, in altnord. und isländ. Schrift eingeführt; die Handschriften bezeichnen diesen U-Umlaut mit *ao, au, o* u. v. a. s. Gíslason, frmp. s. 24 und Kr. J. Lyngby a. O.

Nr. 3. U-Umlaut des *á*, zuerst von K. Gíslason nachgewiesen, s. Islendingabók (Leipz. 1869), XX, not. 1.

Zu nr. 5. Die auffallende Erscheinung, dass ableit. und flexiv. *i* und *u* in den ältesten Handschriften als geschwächtes *e* und *o*, dagegen erst in den spätern Handschriften als ursprünglicheres *i* und *u* erscheinen, wird von Guðbr. Vigfússon rücksichtlich des *e—i* dahin erklärt, dass, seitdem von den beiden e-Lauten (ä und ĕ) in der Stammsilbe der letztere (ĕ) geschwunden war und nur der erstere (ä) sich erhielt (vgl. oben s. 19, nr. 1), zur Bezeichnung dieses letzteren aber nicht mehr das Zeichen *ę* (oder *æ*), sondern das einfache *e* genommen wurde, man statt desselben in Ableit. und Flex.-silbe, wo es bei seinem jetzt veränderten Lautwerthe nicht mehr statthaft war, den Buchstaben *i* eintreten liess; *i* war sonach in solchen Fällen keine lautliche Veränderung, sondern eine rein graphische, während der bisherige Laut (ein kurzes, ton-

loses e) nach wie vor derselbe blieb und bis auf den heutigen Tag
in allen diesen Fällen verblieben ist; sonach, ob *hende* oder *hendi,*
spr. hände; s. Vorr. zur Eyrb. XLIV, not. 1 und 2 und Icel.-Engl.
Diction. p. 114ª.

Zu S. 26.

Keltische Worte im Altnord. verzeichnet Chr. A. Holmboe in
seiner Abh.: Norsk og Keltisk. Chra 1854 (Catal. p. 23). — Über
die Beziehungen Islands zu den britt. Küsten und Inseln s. Guðbr.
Vigfússon, um tímatal im Safn I, 197 und P. A. Munch in der
Vorr. und den Noten zu seiner Ausgabe der Chronica regum Manniae
et insularum (Chra 1860).

Zu V.

S. K. Maurer, 'Altnord' s. 37—44 und Anm. 63 ff.
  NB. über die Sprache auf den Færöer s. Hammershaimb in
  AnO. 1854, 233—316 (Maurer, Anm. 66) und Niels Win-
  ther, Færöernes Historie (Kjöbh. 1858—59) s. 318 ff. Zu den
  Faröica in meinem Catalog p. 81 kommt jetzt: Lljómur (ein
  færöisches geistliches Gedicht), herausgegeb. von R. Jensen
  in Aarbög. 1869, 311 ff. vgl. 1871, 227 ff.

Zu S. 32.

Über die Erhaltung der alten Sprache auf Island s. vor Allem die
inhaltreiche Rede, die Jón Sigurðsson, Präsident der isländischen
Literaturgesellschaft in Kopenhagen, am 13. April 1866 zur 50jährigen
Jubelfeier derselben hielt, abgedruckt in der Festschrift: Hið íslenzka
bókmenta fèlag. (Kopenh. 1867) IV, 108 ss. 4.

Zu S. 33.

Die Orthographie und Formenlehre der heutigen isländischen Spra-
che ist von Halldór Kr. Friðriksson behandelt in:
Íslenzkar rjettritunar reglur. Reykjavík 1859. XVI, 246 ss.
Íslenzk málmyndalýsíng. Kaupmannahöfn 1861. 77 ss.

Zu VI.

Siehe N. M. Petersens u. Rud. Keysers Darstellungen der Gesch.
der altnord. Literatur, und K. Maurer in seiner Abhandl. 'Altnord.'
und in der Zeitschr. für deutsche Philol. I (s. oben s. 53).

Zu VII.

Vgl. Konr. Gíslason's Vorrede zu seiner Ausgabe der Gíslasögur
(1859) s. II—III.
Zu S. 46 über J. Grimms þær s. K. Gíslason in Aarb. 1869, 130—31.

Übersicht des Inhalts.

Ascoli, G. J., Vorträge über Glottologie, gehalten an der Mailänder wissenschaftlich-literarischen Academie. I. Band. **Vorlesungen über die vergleichende Lautlehre des Sanskrit, des Griechischen und des Lateinischen,** übersetzt von J. Bazzigher, Prof. in Chur und H. Schweizer-Sidler, Professor in Zürich. 1872. 13½ Bog. gr. 8. geh. 1 Thlr. 15 Sgr.

Jessen, Dr. E. (Kopenhagen), **Ueber die Eddalieder.** Heimath, Alter, Character. (Separatabdruck aus der Zeitschrift für deutsche Philologie. III. Band. 1. Heft.) 1871. 5½ Bog. Lex. 8. geh. 15 Sgr.

Kreutzwald, Fr., Ehstnische Märchen. Uebersetzt und mit Anmerkungen herausgegeben v. F. Löwe. Mit einem Vorwort von A. Schiefner und Anmerkungen von demselben · und R. Köhler. 1869. 22½ Bog. 8. geh. 1 Thlr. 7½ Sgr.

Kudrun, herausg. und erklärt von Professor Dr. Ernst Martin (Freiburg i/B.). 1872. 28 Bog. gr. 8. geh. 1 Thlr. 22½ Sgr.

Auch unter dem Titel:

Germanistische Handbibliothek, herausg. v. Prof. Dr. Jul. Zacher. II. Bd.

Kurschat, Friedrich, Kgl. Professor, evangel.-litt. Prediger und Dirigent des litt. Seminars bei der Universität zu Königsberg in Pr., **Wörterbuch der littauischen Sprache.** I. Theil: Deutsch-litt. Wörterbuch. 1.—3. Lieferung. à 10½ Bog. Lex. 8. Erscheint fortan in 3 Lieferungen jährlich à 25 Sgr. Heft 4 wird Anfang Juli d. J. ausgegeben.

Leo, Heinrich, Angelsächsisches Glossar. 1. Hälfte. 1872. 28 Bog. hoch 4. geh. 2 Thlr. 15 Sgr.

Stephens, Th., Geschichte der wälschen Literatur vom XII. bis zum XIV. Jahrhundert. Gekrönte Preisschrift. Aus dem Englischen übersetzt und durch Beigabe altwälscher Dichtungen in deutscher Uebersetzung ergänzt herausgegeben von San-Marte (Reg.-Rath Dr. A. Schulz). 1864. 38 Bog. gr. 8. geh. 4 Thlr.

Cornelii Taciti Germania. Erläutert von Dr. Heinrich Schweizer-Sidler. 1871. 6½ Bog. gr. 8. geh. 15 Sgr.

Thomsen, Dr. Wilhelm, Ueber den Einfluss der germanischen Sprachen auf die finnisch-lappischen. Eine sprachgeschichtliche Untersuchung. Unter Mitwirkung des Verfassers aus dem Dänischen übersetzt von E. Sievers. 1870. 12 Bog. gr. 8. geh. 1 Thlr.

Weinhold, Prof. Dr. **Karl, Die deutschen Monatnamen.** 1869. 5 Bog. gr. 8. geh. 10 Sgr.

— — **Die gotische Sprache im Dienste des Kristenthums.** 1870. 2½ Bog. gr. 8. geh. 7 Sgr.

Wimmer, Dr. Ludw. F. A., Altnordische Grammatik. Aus dem Dänischen übersetzt von Dr. E. Sievers. 1871. 10½ Bog. gr. 8. geh. 20 Sgr.

Zeitschrift für deutsche Philologie herausgeg. von Dr. Ernst Höpfner, Director der Realschule z. heil. Geist in Breslau und Dr. Julius Zacher, Professor an der Universität zu Halle. Erster bis dritter Band. 1869—1871. Jeder Band enthält 4 Hefte von 8 Bog. gr. 8. à 25 Sgr. — Vierter Band. 1. Heft. 1872. 8 Bogen. gr. 8. geh. 25 Sgr.

Unter der Presse:

Das Hildebrandslied. Mit photographischem Facsimile nach der Handschrift herausgegeben von Eduard Sievers. 1872. 1 Bog. hoch 4.

Halle, Buchdruckerei des Waisenhauses.